校园文摘

爱幻想的我

万亿 薄睿宁 汪文珏 荆卓然
马知行 尹宗国 曾元奚 王黎冰 / 等著

中央编译出版社
Central Compilation & Translation Press

图书在版编目（CIP）数据

爱幻想的我 / 万亿等著 .
—北京：中央编译出版社，2015.3
（校园文摘系列丛书 / 万亿主编）
ISBN 978-7-5117-2348-2

Ⅰ . ①爱… Ⅱ . ①万… Ⅲ . ①作文 – 中学 – 选集
Ⅳ . ① H194.5

中国版本图书馆 CIP 数据核字（2014）第 234345 号

爱幻想的我

出 版 人	刘明清
出版统筹	董 巍
责任编辑	邓永标
责任印制	尹 珺
出版发行	中央编译出版社
地　　址	北京市西城区车公庄大街乙 5 号鸿儒大厦 B 座（100044）
电　　话	（010）52612345（总编室）　　（010）52612371（编辑室） （010）52612316（发行部）　　（010）52612317（网络销售） （010）52612346（馆配部）　　（010）55626985（读者服务部）
传　　真	（010）66515838
经　　销	全国新华书店
印　　刷	北京威远印刷有限公司
开　　本	710 毫米 × 1000 毫米　1/16
字　　数	206 千字
印　　张	14
版　　次	2015 年 3 月第 1 版第 1 次印刷
定　　价	29.00 元

网　　址	www.cctphome.com	邮　箱	cctp@cctphome.com
新浪微博	@中央编译出版社	微　信	中央编译出版社（ID：cctphome）
淘宝店铺	中央编译出版社直销店（http://shop108367160.taobao.com）　（010）52612349

本社常年法律顾问：北京市吴栾赵阎律师事务所律师　　闫军　　梁勤
凡有印装质量问题，本社负责调换。电话：（010）55626985

繁星梦

我的老师是"大师"（文/马知行） ... 002
最美（文/高子淇） ... 006
爱幻想的我（文/余果） ... 009
深圳西冲之"游"（文/杨柳清） ... 011
在细雨中起舞（文/许俊伟） ... 013
白云之上（文/徐毅） ... 015
星星之约（文/徐毅） ... 017
食堂吃饭（文/荆卓然） ... 019
图书馆（文/荆卓然） ... 020

青春驿站

你住在我的文字里（文/万亿） ... 022
不一样的我（文/吴涵彧） ... 025
"二""二"的爱（文/姚禹同） ... 027
18摄氏度的自己（文/流马） ... 032
残阳似血（文/汪文珏） ... 034

小时候（文/陈梓婕）………………………………………039
新起跑线上，我摔了一跤（文/邓文杨）…………………042
雪球（文/袁义翔）…………………………………………043
谦虚永远是一种美德（摘编/陈亮）………………………049
随和是一种素质和修养（摘编/肖世清）…………………052
青苹果之恋（文/如风）……………………………………055
宽容别人就是善待自己（摘编/众望）……………………061
有一种美丽叫慎独（摘编/王博）…………………………064
让自立撑起未来的蓝天（摘编/付红）……………………066
从改变自己开始（摘编/方方）……………………………068
为自己抉择命运（摘编/博文）……………………………070
绝望是一种醒悟和升华（摘编/姚文）……………………072

▶ 亲情树

舌尖上的老爸（文/薄睿宁）………………………………076
照片背后的故事（文/唐宇佳）……………………………079
我家的石头剪子布（文/谭珺天）…………………………080
秋天（文/杨睿泠）…………………………………………082
验血（文/如风）……………………………………………083
祖父想念我们了（文/陈吉）………………………………086

▶ 鬼马狂想曲

白蝴蝶的秋天（文/姚禹同）………………………………090
小红马和小骆驼（文/高涵玥）……………………………092
跟风（文/黄韦达）…………………………………………094
天庭运动会（文/薄睿宁）…………………………………096

我的太空之旅（文／米小雅） ... 100
50年后的衣服（文／田文宇） ... 103
拯救地球（文／徐颖） ... 104
我和你（文／朱旋彤） ... 106

▶ 自然物语

天下第一桥赵州桥的传说（摘编／自泉） ... 110
回味夏天——2011年高考前的内心感受（文／王黎冰） ... 114
那是一首歌（文／段添宜） ... 117
地畔有根西瓜藤（文／向善华） ... 119

▶ 读书沙龙

让才能透过学习成绩展现（摘编／白依依） ... 124
风尘苦，樱桃甜——读李肇星《姥姥的樱桃》有感并贺大崮樱桃节作（文／尹宗国） ... 127
读《我只是一个小孩》有感（文／尹傑） ... 130
过程也是一种美——《海的女儿》读后感（文／彭雅欣） ... 132
少一份污染，多一份希望——读《珍惜自然资源》有感（文／曾元奚） ... 134
"惊魂"之阅（文／成涛） ... 136
刻苦读书的余秋雨（摘编／余四诗） ... 138
宋词里面的忧伤（文／匡天龙） ... 141
达·芬奇画鸡蛋（摘编／米米） ... 144
国歌的故事（摘编／吴云） ... 147
阅读改变了我（文／林圣源） ... 152
好书推荐（文／李晓雨） ... 154

读《语言文字学》有感（文/王晓琳）……155

敦煌壁画中的飞天（摘编/周农）……158

穿行在唐诗宋词里的清明（文/匡天龙）……162

《富春山居图》背后的故事（摘编/艺妮）……164

《周易》的故事（摘编/艺和）……169

民国四大才女（摘编/晓月）……176

中国古代四大书院（摘编/振宁）……185

中国佛教四大名山（摘编/静芳）……192

中国四大古城（摘编/小梵）……199

中国四大名园（摘编/蓝天）……206

我的老师是"大师"

文 / 马知行

2013年，我顺利地进入了深圳一所名校的"学霸"班上初一，幸运地遇上了一名"大师"级的老师——班主任兼语文老师罗成。

罗老师是一位名副其实的"大师"。他是北京大学基础教育与教师教育中心专家组唯一一位中学老师，曾经培养出了众多优秀学子，他的儿子罗驭空曾在2006年高考中写出一篇高考满分作文，而且是当年语文深圳高考状元。我有幸成为罗老师众多"嫡传弟子"之一。

"人生知天命，从教已卅年。春风育桃李，豪气干云天。琴棋书画俱，说打弹唱全。闲云野鹤去，笑傲江湖间。"开学的第一堂语文课，我的班主任兼语文老师罗成在黑板上写下自己的原创诗，向同学们介绍自己。

罗老师上语文课时，会给我们传授很多人生哲理。每当讲到课文中心或重点难点，罗老师总会情不自禁地讲几则小故事，这些故事与文章的主题十分吻合，能让我们更容易读懂、理解课文。上小学时，我的语文老师邵老师也是这样做的，所以我早就适应了这种方法。罗老师每次讲完一则故事，又会讲到另一则故事，讲着讲着，竟忘记了课文讲到哪里，这时，同学们就会齐声提醒他，看着罗老师"恍然大悟"的模样，同学们都会忍不住发笑。

罗老师经常说我们写的字难看。这也难怪，他是学校书法协会会长，看见难看的字，肯定会不太舒服。为了改变我们的"丑"字，罗老师用书法字体——同学们私下称之为"罗体"——将初一上学期所有古诗写在书法纸上，给我们每人复印了一张。大家也许是不想让罗老师失望，下课就拿着"罗体"练字，短短几个星期，我们班的书写有了极大改观：大家的字从原来的东倒西歪变得方方正正，从原来的毫无笔锋变得有棱有角。各科老师都声称："改14班的作业不用费劲看字，轻松多了。"

军训中，我们每天都按要求完成军训日记。罗老师批评全班——写的全都是"流水账"！罗老师为了锻炼我们的写作水平，给我们布置了周记和摘抄美文的"任务"。刚开始，大家对周记都"哎呀"连天，不知道该写什么主题，但罗老师对我们每篇周记都十分重视，为每位同学认真打分，写了评语和修改意见。过了一段时间，大家就不那么惧怕写作了。罗老师规定每周只给一个满分，改出满分作文后，再改到好文章，也只能用"99.999分"来表示。同学们原本对自己的写作水平很不自信，可是在罗老师的"诱导"和鼓励下，都开始为了争夺唯一的满分而努力，有几位甚至希望罗老师先改自己的作文，害怕100分被别人夺走。

罗老师在教学上是一位"大师"，在课后的体育锻炼中也是一位高手。

据说，罗老师曾经是一位散打冠军。同学们对这种说法半信半疑——罗老师挺着个"将军肚"，怎么看都不像"习武之人"。一天放学后，我们正在操场上锻炼，罗老师来察看。"罗老师，表演一下俯卧撑！"不知哪位同学带头喊道。

罗老师微微一笑，双手撑地："我很久没做了，不知道还能做多少个。"同学们立刻过来围观，想看看"大师"的真功夫。罗老师的速度出奇的快，把我们吓了一大跳，一旁的同学跟着罗老师的节奏数数：

"1、2、3……58、59、60。"罗老师站起来,拍拍手上的灰,说道:"现在真不如以前了。"我们在一旁惊得目瞪口呆——罗老师都50岁了,竟然做了60个俯卧撑,起来后居然还脸不红心不跳。真称得上是"大师"!

要问罗老师最喜欢的乐器是什么,罗老师会立刻答道:吉他!如果你来到罗老师办公室,总会看见他椅子旁摆着一把民谣吉他。罗老师的电脑桌面背景,是一张他抱着吉他弹唱的照片,可见罗老师多么喜欢吉他。

罗老师是学校乐队的吉他手(表述不一定准确),他弹吉他的技术出神入化。军训时,罗老师曾为我们弹唱了一首歌曲,高超的技术配上他富有磁性的嗓音,真是绝配!据说,罗老师曾在隔壁的15班表演过吉他弹唱,我们全班都十分羡慕,也盼望着罗老师能在我们班高歌一曲,那真是莫大的享受。

罗老师告诉过我们一句名言:"人生有三大遗憾,而最大的遗憾就是'遇良师而不学'!"我的中学时代,幸运地遇上罗老师这位"大师",还有什么理由不好好学习呢?

最 美

文 / 高子淇

罗丹说:"生活不是缺少美,而是缺少发现美的眼睛。"我说:"生活并不是处处完美,但只要你拥有梦想,享受挑战,那么你就是这个不完美世界里最美的人。"

拥有梦想,我想到了一个人,一个残疾的人。

那天,我漫步当车地走在那湖水滢回的大桥上,桥两岸铺满了翠生生的绿草。抬头望去,蔚蓝的天空飘浮着白皑皑的云朵,云朵背后躲藏着金光四射的太阳。真是好天气!我心情舒畅地边走边欣赏四周的美景。走着,走着,我的目光便被桥上小小的一角吸引住了——一个十八九岁的少女,坐在一块凸起的石头上,正全神贯注地画着画。

走到她附近时,我停了下来,站在一旁细细地打量她:瘦小的瓜子脸,白皙的皮肤,乌黑的长发,黑白分别的眼睛里透射出充满自信的目光。可再往下看时,就看到右边那条仅剩大腿根的腿。唉!我在心里为她惋惜,心想,如果不是残疾,她一定是全街最美的女孩!

打量完后,我走到她身边,发现她正在画埃菲尔铁塔,画布上耀眼的埃菲尔铁塔占了整张画三分之二的位置。看得出,她画得十分认真,铁塔上精致的花纹栩栩如生。更令我惊讶的是,铁塔的背景不是熙熙攘攘的街道,而是一座被灯光照得金黄的舞台。舞台中央有个跳芭蕾舞的女孩,纤细的双腿在舞台的灯光下被照得雪亮,十分耀眼。显然这个女孩是台上最美的主跳，周围的副跳围着她手拉着手。舞台的上方是暮云霭霭的天，没有一丝光明。舞台下面是她忠实的观众，有的呐喊，有的鼓掌，有的正如痴如醉地欣赏……

正当我陷入画的意境中遐想时，她突然抬头用漆黑迷人的眼睛望着我。我冲她笑了笑。她问："买画吗？"

"钱不够。"我有点沮丧地说。

她莞尔一笑，说，"那你愿意陪我聊会儿天吗？"

"好呀！"我有点意外，也十分激动。

于是，她告诉我，她今年18岁。两年前她曾是专业芭蕾舞队的主跳，得过许多奖。但就在一个十分平平常常的晚上，她接到一个邀请她去巴黎跳舞的电话。接到电话后她十分激动，因为她从小在穷人家长大，从未出过国。小屋装不下她的兴奋，放下电话后万分激动的她便跑到大街上狂奔，这时一辆面包车迎面撞上她……

她光亮的生命顿时陷入黑暗中，正如画布上暮云霭霭的天空。醒来后，发现自己失去了右腿。说到这，她白皙平静的脸黯淡下来，眼泪也流了出来。过了许久，她再次望着我，说："但我不会就此放弃的，你相信吗？"

我冲她点点头，安慰说，"我相信！"

她接着说："小时候，妈妈说我有画画天赋，可我就是喜欢跳舞，也选择了它。虽然我不能再跳了，可我会将我跳舞的经历用画笔记录下来的。"

顿时，我发觉她依旧是最美的，即使失去了右脚，失去了往日的舞姿，可她依旧是最美的。我说："你会成功的！"

她握紧我的手，说："最后一个观众，画你，怎么样？"我笑了，看着她起笔，描我，上色。我的心也在感激、感动、感悟。我静静地看着她……直到最后收笔，才依依不舍地与她道别，向前走去。

回首望去，桥两岸初生的绿草正生机勃勃地吐着生命的翠绿，虽然蔚蓝的天空依然堆着厚重的白云，但此时的太阳已拨开云的阻挡正向大地射出金灿灿的阳光！此时，桥上依旧人来人往，只不过在这桥上，有个女孩在平凡的人群里，散发着属于自己的光，就像那宇宙里的孤星，穿过银河系，画出一道最美丽的弧线，构成属于自己的最美的光环。

爱幻想的我

文 / 余果

小时候，我常常会幻想：星星眨眼睛是不是因为找不到妈妈，要睁大眼睛找妈妈；月亮弯弯是不是因为玉兔很喜欢吃月亮；苹果红红是不是很害羞……后来，我慢慢长大了，这一切一切的问题，我都从书本中找到了答案。但是，我还是很爱幻想。

这天，我的头脑里又冒出了一个新想法——如果我打扮成了妈妈的模样，会不会很像大人呢？

大人，在我的心目中，有很高的地位——自己可以赚钱，可以用钱买好吃的、好玩的、好看的东西，更好的是不用再听爸爸妈妈那些唠叨的话，可以自做主张……我越想越开心，真希望赶快变成大人，抛掉大人那些唠唠叨叨的话，抛掉书本。

没想到，今天爸爸妈妈都有事，不在家。这可是我行动的大好时机呀！

我飞快地跑到妈妈的卧室，找出了妈妈的连衣裙、高跟鞋。嘿嘿，这连衣裙穿到我身上，都拖到地上了。再踩上妈妈的高跟鞋，我感觉自己好像站在一个高地上。我高兴极了！在镜子前左摇右晃，看个不停。可我总觉得少了点什么？再看看我的脸——一股稚气，还有一种奶里奶气，一点也不像大人！于是，我打开了妈妈那个柜子，找出化妆品，学着妈妈的样子东抹抹、西抹抹……

"吱……"是开门的声音。"完了！爸爸妈妈回来了！"我紧张极了，不知道怎么办才好，只好呆呆地坐着，等他们的发落。

"呀！"妈妈先进来发现了我，她像是受了大惊吓般地大叫一声。我向妈妈解释：我只是想变成大人！

爸爸妈妈先是感到十分惊讶，而后反应过来了才笑着问我为什么想变成大人。我一本正经地说："当大人多好啊！自己赚的钱想买什么就买什么，想干什么就干什么，还不用再听父母唠叨，也不用再学习做作业！"

妈妈拍了拍我的肩，说："并不是你想的那样！我们赚的钱一部分培养孩子，一部分是生活费，一部分孝敬父母，还要储蓄一部分。怎么能想干什么就干什么呢？那样太任性、太自私了！父母唠叨孩子也是为孩子好，再说了，谁不用学习呀？俗话也说，'活到老，学到老'呀！"我似懂非懂地点了点头。

这就是我，一个爱幻想的我。但是，大人教会了我，人光靠幻想是不行的，生活一定要踏实地过才能有收获。

深圳西冲之"游"

文 / 杨柳清

暑假,我们去了一回美丽的深圳,那里的表弟一家带我们去西冲游玩了一回。

经过一个小时的车程,我们终于到达了目的地——西冲。那里好美啊!美丽的沙滩和一望无际的大海相连,海浪一起一伏。一看到这么美丽的景色,我就迫不及待地换好泳衣,踩着软软的沙滩,径直奔向大海。刚下海,一波大浪就猛扑了过来,我冷不及防,脸朝下的被那波大浪冲到了沙滩上。虽然没有喝到水,但耳朵里还是进了好多沙子,浑身上下都湿漉漉,冷冷的。

有了这次教训,我再也不敢一个人下海了,只好等爸爸陪我一起下海。爸爸终于来了。一看见爸爸,我就跑过去,对爸爸说:"大浪实在太大了,您陪我去海中间玩吧!"爸爸听了,什么也没说,就拉着我往前走。刚才的大浪让我吃够了苦头,我怕呛着水,就着急地对爸爸说:"看着点海浪!"才刚说完,一波大浪就涌到了面前,这时正好爸爸把我的手给松开了,于是我又被大浪盖在了水下……

喝了几口水的我好不容易才手忙脚乱地爬了起来,好好把爸爸埋怨了一顿。

爸爸也不想再让我呛着水了,就转过身,紧紧拉着我的手往前走。这次没有再呛着水了。之后,在爸爸的带领下,我渐渐适应了海浪,不停地随着海浪的起伏冲浪、玩耍。我时而悠闲地躺在游泳圈上随着海水的起伏,懒懒地晒着太阳;时而迎着大浪滑水,享受着阳光、海浪、沙滩……

就这样,我们一直玩到肚子有点饿了,才上岸换衣服,品尝海边的风味小吃。尝了不少美味之后,我的难忘的西冲之游也就圆满地结束了。

在细雨中起舞

文 / 许俊伟

初春,是个多雨的季节。柔和而又夹带着寒意的春风吹来,总在看,那灰蒙蒙的天空有多宽广,那淅淅沥沥的小雨有多阴郁。又总在想,人生的追求是什么,在微风细雨中的仰望,何时明了。

有人追求70%的人生,有人在生命东流水中只取一瓢,或许足够,或许紧缺,但人生,并不是要去追求每一件最好的事,而是要把握好你所拥有的每一件事。你所拥有的每一件事,便是你的需求,你的人生,值得你去珍惜。

细雨绵绵,书声朗朗,"苟非吾之所有,虽一毫而莫取",千年前的苏学士早已对此了然于心。着实,"人生的拥有,上帝早有安排"之说虽然荒诞不经,可人生的需求有限总该是不灭的真理。

在细雨中仰望的是哲人的才思和豁然。热闹的集市上,琳琅满目的商品对苏格拉底来说,如果不是所需,便形同无用之物,以至于在他生命最后的尽头,当真理成为必需,而性命亦非所需之时,他毅然选择了就刑。在对真理的拥有和珍惜中,苏格拉底的灵魂,在细雨中起舞,洗尽了认识的铅华。

在细雨中仰望的是生命强者的坚韧与顽强,双脚瘫痪的史铁生在与之同病相怜的地坛公园中找到人生的航向,他不奢求能重新拥有健全的身体,不奢望生活得美好,而是在自己所拥有的残缺人生中,用文笔记录下自己对生活的思考。相比之下,那些学术造假、中饱私囊的人则围着本不需要的事物铤而走险,临终之前那些不被珍惜的拥有也一并丢失,随着雨水远远流去。

所谓君子有所需,取之有道,在注定的需求中成就你的拥有,在既定的拥有中珍惜现在。细雨中的仰望,望见这花花绿绿的纷扰世界有许多事物并不属于你,你也不需要它们。顿悟在需求与拥有之间,最该拥有的是豁然。在知足中常乐,在珍惜中看透人生,在人生中看到世界给你的美好!

充实的人生不在于如何经历暴风雨,而在于如何在细雨中起舞。当天空中的灰色褪去,阳光下的影子依然能在珍惜所需中翩然起舞……

白云之上

文 / 徐毅

未知的世界
陌生的期待
迎风而上
次次跌倒
等着
新的飞翔
飞上
白云之上

幻想
落下月亮
升起东边的太阳
挂上圆满的笑

只能望着
却扇不动自由的翅膀
浪费春天的光辉
深信梦想一定实现

却又经历冬的风霜
白云之上
是心中的愿望
祈求
明天闪耀的希望

等待
新的起点
启航于梦想彼岸
飞过痛苦
跃过
白云之上

星星之约

文 / 徐毅

风吹走
闪闪的太阳
黄昏后的寂静
等着
星星的约定

迎接明天的太阳
期盼
却只留下黑夜的光
看着它
刮走尘埃

三年的期约
十年的等待
烧毁的纸条上
写着"月亮"
星星的朋友

当黎明划过
它回来了
黑夜充满温暖
地面上
有一张贴好的纸条:
星星之约

食堂吃饭

文 / 荆卓然

开饭啦　　开饭啦
一群群蚂蚁前仆后继

胖厨师手执铁尾巴蝌蚪
清点着炒锅里银子的数量
脑门上的汗珠子
能顶盐粒

卖饭的阿姨笑容可掬
听她说话
喝水不用添加蜂蜜

公蚂蚁吃饭风卷残云
母蚂蚁吃饭和风细雨

吃完饭大家鸣金回营
目光的触须相互碰碰
交流着心中饥饿的秘密

图书馆

文 / 荆卓然

孔子老子墨子……
随便观瞻
李白杜甫白居易……
常常借住少男少女的手掌

一个个座位一个个花蒂
一朵朵鲜花一个个果实
在这里汲取营养

图书馆是母亲的乳房
我们这一群贪嘴的学生
在里边茁壮成长

青春驿站

你住在我的文字里

文 / 万亿

（一）

人生中，相知是最相投的默契，每个人生命中都会有擦肩而过的风景，似春天一阵柔和的风，温柔的、细腻的香润着生活，体贴着每一个细节。每当我的思绪徘徊在海天相接处，曾经有你的片段就像那些美丽的贝壳，把我引向我们一起织梦的地方。

夜阑人静的时候，在宁静诗意的背影里，在唐诗宋词里敲击着键盘。"回首向来萧索处，也无风雨也无晴"，夜凉如水的静谧中突然懂得："淡"是人生最浓的色彩。一些人、一些事、一些情，只能存在生命里。也许，多年以后，蔚蓝的天空下，再找不到与你山盟海誓的痕迹，只有梦依然，潮湿的眼神里，是谁让心灵的绿洲悄悄抚过生命的荒漠？

拿起书，窗外的月光如水，想起女友借给我书的时候说：感情不怕犯错，但最怕纠缠。我笑了，笑她悟错了。我说：感情不怕犯错，最怕的是不再纠缠。你看过夏天爬满楼前屋后的爬墙虎吗？藤藤蔓蔓的脉络纠缠着美丽。

梦里花落知多少？喜欢一个人的时候，小心眼儿、装病、吵闹，两个人就像韩剧一样，一直暗里较劲，摸黑过招，谁都很少明示过什么，靠的全是"心有灵犀一点通"……

春去秋来，不是冤家不聚头，执着丝丝争持、步步周延，感情在周而复始中日渐稳健。近情，才怯情，哪怕一句话，也深深地在乎，彼此用最漫长、最缓慢的步调，最背离的方式，让情感无数次打碎、调和、再打碎、再调和，直至骨肉相连。

再次，因为一件小事起了争执，沉默，很深的沉默，我心不在焉地笑了，眼角晶莹。

……

（二）

雨季来临的时候，坐在半明半暗的潮湿里，放一首古曲，带着音乐里的情绪，光线和打字声让人恍惚，那种敲击变成了一种意味深长的抚摸，抚摸着心间的回忆，缓缓走向你，饱含着纯美脱俗的向往。想你是否会和我一样？"悲欢离合总无情，一任阶前，点滴到天明"被带进昨日的欢颜浅笑低吟的羞怯，莲步轻移的温柔，云鬓深拢的暗香，耳边低语的婉转。

用全部的时间填补思念的空白，想你的时候，敲击着文字仿佛可以触及到你的眉、你的眼、你的心。我的心再次柔软起来，想你的快乐，想你的温暖，想你的笑容；慢慢沉浸在记忆的港湾里，任凭往事随着月圆月缺潮起潮落。

守着一个或远或近的影子，守着那份执着，守着那份孤寂，尽管没有刻意关注你的生活、你的情感、你的一切的一切，可还在无意有意中倾听着你的哪怕一点点的信息。仿佛从未离开，氤氲里，心底的湖泊似有朵灵动的浪花，一直追随着大海的方向……也许，生活能改变我的容颜，却不能磨灭我最真的渴望。

突然很想写诗，想将我的情思吟进诗行，而诗，无语。突然有那么一瞬的恍惚，想你是否会被寂寞围绕。多希望把我全部的快乐亲手赋予你。突然明白，原来，在每一个人的心里，很深很深的地方，都藏着曾经的情怀和身影，纵然岁月流逝，有些模糊，却永远不会消失。

曾经，古老相约的故事，醉过每一个季节的红叶。也许你，只看见江花红胜火；却不知，我心中的真情远红于枫。也许你，只感受到万花丛中寻梦蝶舞的惬意；却不知，我这片随风飘荡的流云早已把自己化作了云深的雨，心碎了无痕，落入红尘，染绿了思念的树梢……也许，你只住在我的文字里，动荡了我四季的情怀。

不一样的我

文 / 吴涵彧

要是说起女侠，我一定要万分自豪地对你说："我的身边就有一位双面女侠！"你问她是谁？远在天边，近在眼前。

一

敢问21世纪什么最贵？当然是金钱最贵最重要！有人说视金钱如粪土，可是为什么我那一点视为粪土的感觉被前几日的一件事秒杀了！

某日放学，我心爱的钢笔不翼而飞，大惊："Where is my pen？"几番寻找，无果。懊恼无奈，遂摸口袋，存有几枚"上清童子"，喜上眉梢，亟奔入校门口附近小店，曰："笔在何处？"一女老板笑曰："吾店之笔，精致美观，乃学习、考试必备佳品。"心动，掏钱即购，却忽闻缺5角！女老板变脸之快迅雷不及掩耳："钱，不足。""宽限几天呗！"从此为之省吃俭用。

一日，偕同伴临小店。老板逼近，面露愠色："汝之钱，何时还？""不过5角也，何必动怒？吾即刻去拿。"胆战心惊返回校园，取钱前往。

又一日，行走校园，遇吾班一男生，曾借阅吾《飒》一本，欠吾5角借阅金。迎上，声色俱厉："欠吾之钱，何时还？""呃……不过5角

也，吾逃走不成？何必何必！"

忽念前日糗事，踉跄而走。

二

作业大错特错，颜面全无。师唤前往办公室，至门口，踟蹰不前。痛下决心后，低头畏缩，一副乖巧伶俐样儿。师谆谆教导后，幡然醒悟。为谢师，吾口水飞溅，洋洋洒洒言辞恳切一番道歉，无人匹敌。师者，笑容如花，赞誉曰："嗯，孺子可教也。吾有如此弟子，大幸。"哈哈，此言颇受用。轻退出办公室，行至教室走廊，有骂声不绝入耳："汝班男生，猪也，猪也。"是可忍，孰不可忍。吾循声，愤而前往，一踢二抓三开窍。俄顷，拍手贴裙，昂首谓其胆大包天之人："小样儿，嫩了点！"

三

观电视新闻，援助山区儿童，爱心人士大量捐款均吞没于贪官污吏之手。有此等黑心官吏？吾半信半疑，亦不信捐款之事。次日，心生一重大决定——自己寄钱，奉献爱心。手捧储蓄罐，吾三思又三思。不舍，吾之喜爱零食吾之钟爱漫画吾之……舍，吾之微薄之力吾之爱心一点……思量再三，终将所存稿费豪迈取出，按地址汇至。看着汇款单，恍若飘飞至山区儿童手中，喜上眉梢。母叹：吾之女平日一毛不拔，何以今日出手如此阔绰？

嘿嘿，这就是不一样的我，无论何时，都为大家开心而开心！

"二""二"的爱

文 / 姚禹同

这一次,我是真的生悦的气了。

初一时,我好不容易创建了一个班级合唱团,每次学校有活动安排,我们班的合唱团都会成为一道亮丽的风景线。每每这时,我们心里总会自豪无比。

初二了,学习的压力陡然增加,合唱团的成员在家长或考试排名重压下,经常借故不参加排练,自然而然地,合唱团在表演时乱成了一锅粥,最后不得不自动解散了。

看着自己呕心沥血换来的成果化作黑板上两个硕大的粉笔字——解散。所有的委屈与愤懑,外加那些自责和后悔,都在我脸上倾泻而下。

快步走出教室,走廊里温润而潮湿的气流告诉我下雨了。雨不算大,天却阴沉得很郁闷。靠着护栏往下望,操场上的树终于洗去了积攒已久的尘埃,绿得触目惊心。树叶在雨点的击打下发出了阵阵咬牙切齿般的沙沙声。

实在不想回教室。就这样呆呆地靠着栏杆,任凭雨水不时地吹落在衣袖上。我越想越难受,索性攥紧拳头朝铁栏杆狠狠地砸了下去,栏杆发出了很不愉快的哼响声。

一直在旁默不作声的盈轻轻抱住了我:"没事的,你还有我呢!"

我将头埋在盈的肩头——那是一处可以安放我柔弱的地方。盈身上的气味不算好闻，却有一种属于死党的温暖。

我就这样哭着，盈就这样站着，过了很久。

"哎呦，哈哈哈，你这是伤哪门子心呀？哈哈……"我的另一个死党——悦，毫无征兆地出现在我身后，感觉她是在看一幕极为可笑的滑稽剧。

很是不解，为什么在我心烦意乱的时候，悦还要这样奚落我？原来的她可不是这样。

和悦的相识，是在寒假过后的一次自习课中。记得当时我趴在课桌上，咬着笔杆，苦苦思索着一道高难度的应用题，草稿纸用掉了好几张，修正带也涂改了一次又一次，就是算不出正确答案。

"哎，这道题会不会做？"我的同桌——悦，当我还在绞尽脑汁地想的时候，早已把数学作业写完了。这时，她转过身来问了我一声。

"不会，不会。"我有些不耐烦地指了指那叠草稿纸，"没看见我正想着吗？"我心想：明知我数学不如她，这不是存心贬我吗？

"这道题我已经做出来了，我教你吧。"

"啊，哦，谢谢！"一开始，我有些怀疑自己的耳朵出了问题。在学校激烈的考试排名重压下，竟然还有人为我浪费她的宝贵时间。

我抬起头，有些感动地看着她。冬日的阳光透过窗户玻璃洒在她白净的脸上，那双澄澈的眼睛温和地看着我。

时值冬日，教室外的阳光依然很明媚，到处都是暖融融的。碧绿的樟树恣意地挺立在冬日的阳光中。

不知不觉中，一股暖流倏地涌遍全身……

一直以来，我都是这么想的：能遇见悦这样一个同桌，真好！

"切，这个打击都承受不了，'雨'怕是又要下大了。"悦的这句话将我从记忆中惊醒。

这么幸灾乐祸！透过泪雨蒙眬的眼，我狠狠瞪了悦一下。突然有种很厌恶她的感觉。

从那以后，我和盈的关系更是亲如姐妹，对于悦则有意无意地开始疏远。她似乎也感觉到了，表情依然是那样的淡定。只是，我忽视了她眼里那丝稍纵即逝的忧伤。

真正理解悦是在一个月后。数学月考的试卷发下来了，一向学习努力的盈却考了个不及格。可以想象，这对她的打击有多大！

课间，盈趴在桌上，肩膀一耸一耸的，旁边堆了不少揉成团的白纸巾。看得出，盈的确很伤心。

当我正准备像她上次安慰我一样去拥抱盈的时候，悦却抢先发话了："不就是没考好吗？值得哭成这样？有点出息好不好！"

我在一旁听着，很是刺耳。联想到她上次对我的"冷血"，我冲着她埋怨道："你怎么这么不通人情呀？亏你还是我们的死党。"

窗外的阳光亮得有些眩目。悦呆呆地看着我，良久没说话。显然她被我的话搞愣了。这时，我惊异地发现：在炫目的阳光下，她眼里分明有晶莹的东西在闪光。

这样一来，我反倒丈二和尚摸不到头脑了。

没等我反应过来，悦已经将我拉到了门外："碰到问题，我们只会抱团痛哭，有什么用？还记得你上学期在QQ上写给我的信吗？"

当然！那信的内容，我至今还印象深刻：

写给那些我愿意陪着犯"二"的人。

当你说"他"狠心地伤害你，每天早上都肿着眼睛躺在湿漉漉的枕上的时候，你是否知道，我真的很心疼。

我们都经常在早上起床时，发现枕头湿了一大片，但你是因为流泪，而我是因为流口水。在你忧郁时，我只能默默地站在你旁边，完全不知怎么去安慰你。

一开学，你就是我的前座，都在为实现文学的梦想而努力奋斗。你的文风和我的很像，但不知为何，你的文字总有一股淡淡的忧伤。

当得知你喜欢像周杰伦的"他"后，我屁颠屁颠地陪着你追了"他"好久。当你为逃避那些伤心的记忆而清空了手机卡里所有的信息后，我却独自对着那曾经存得满满的音乐文件夹难过了好久。

"离开，是一个人可以完成的事情，不需要对谁说再见。心也一样。"我知道，你必须开始孤军奋战了。因为"他"，体育课上，我们再也不可能坐在篮球场边，吃着同一盒冰激淋，戴着同一副耳机，听着同一首周杰伦了。我知道，是你不想让那熟悉的感觉再次涌上心头。

你常常说我很"二"，但我知道，这句话别人也对你说过很多次。请不要再说我"二"了好吗？这句话我听多了。我不想勉强你，但以后不要这样一声不吭地就抛下我好吗，因为再"二"的人也会寂寞。

记得，你说过你是火星喵。然后又笑着问我是什么星来的？我说是：金星。

的确，我们是那么一样却又那么不一样，仅仅是因为——我们同在一个宇宙，却隔着一个地球。

即便如此。但，此刻宇宙中的你，正是那个我愿意陪着犯"二"的人。

"你知道我看了多少遍吗？给了我多少正能量吗？直到现在，我每看一次，心里仍会止不住地颤抖。既然我们是死党，就得让她独自体会孤独、失败、挫折等种种坎坷，这才是真正的爱。我们能给的只是精神上的支持和慰藉。"

刹那间，一束阳光照彻了心房，我终于明白：悦怎么可能会冷血？又怎么会忍心伤害与她最要好的朋友？她也想用最直接的方式，或温暖或激励的话来安慰我们。但是，她忍住了。

于是，在我们伤心落魄的时候，悦总是以一个"坏人"的姿态，用一个漫不经心的表情告诉我们："这点事，不值得伤心。面对成长的风雨，我们不能只有眼泪，更多的是要学会噙着眼泪奔跑！"

原来，悦是用犯"二"的方式"残忍"地爱着我们。她给予我们的是用微笑去面对困难的高贵灵魂，而不止是一个抚慰伤痛的肩膀。

从此，我的心中便有了另一种感动。同时，也愈加明白："有些事，只能一个人做。有些关，只能一个人过。有些路啊，只能一个人走。"

（本文原载《校园风尚》2014年第三辑）

18摄氏度的自己

文 / 流马

青春在 18 摄氏度，我想永远会持续。不需要透明可降解塑料袋保鲜，也不需要担心某一天，它会毫无预兆发霉。

我的 18 摄氏度的青春，一个纯粹的自己，插上翅膀在风中自由。

青春路上每一个都遇见过诸多的人，在心中都会有不可名状的定义，所有的事也大都有些记忆铭心的感悟。

当和一些记忆说要陌生的时候，大抵只是为了某时候的不快。

我们人生经历过的一切向我们宣誓着，路途都是由陌生到熟悉，从成长到总结。我们都长着一副不善于忘旧的模样，于是每一场经历都选择了铭记，因为这是走过最好的诠释。到了很多年以后，重新开启那些画面，看看此时是意气，是稚气，还是已经有些成熟了。而此刻谈论这些为时过早，需要将来慢慢细说。

在我的眼中钟爱于把青春划分为"序幕""场景""闭幕"。

序幕是初中时候从无到有的开端，类似在那时有关的叛逆，留异样的发型，无知地与父母进行喋喋不休的争论，以及在课堂中没有尽止地挥霍自己。

中学的应试教育，无法扭转在那时候茫然的序幕。于是曾把这错认为是"安能摧眉折腰事权贵，使我不得开心颜"的诗仙李白的情怀，最终"一声何满子，双泪落君前"的情景匆匆而过。

18 岁之前那时某段闭幕，宣告失败。

当阳光依旧亮起的时候，我清楚告诉自己，远方在等待你的向往。

我一直在路上。

偶然读了些李开复的书，他以价值观作为人的最核心存在。那时便想，我的序幕又在筹备之中，青春的价值观需要那份敢飞的勇气。

志同道合的朋友，在另外的一座城市。当他在默默执着，待到化蝶的时刻，我也在这儿接受时间的证明，寻求梦的距离，如同杜鲁门·卡波特说，梦是心灵的思想，是我们的秘密真情。我想我们都可以在这梦的途径随便寻找心灵的思想，而我也顺便看着一幕幕场景接踵而至。

于是很多场景发生，我爱上在深夜，用一支0.5毫米的笔在日记上简单做些记载。每次喜欢把字记录得很深以免被时光褪色，时间是最后落笔时的标注。或者时间显得重要，遍布在你任何时刻，不论你将腐朽，还是绝不腐化，再或者正有所憧憬之际。

记忆中余光中有篇文章《四月，在古战场》，他写道，"如果要他做一个抉择，他想，宁取春天。"我想青春需要责任，类似春天需要温度。于是会抉择自己的憧憬，会想去海南的海蚀崖看西落，去云南喀斯特溶洞寻找地下暗河，去西藏雅鲁藏布江谷地看初始的太阳，去各种需要经历的场景中有所收获，以换取闭幕时候自身的充实。

2012年，玛雅预言中说是世界的末日。我不禁想记录些什么，于是写下"以后何时再见，之后是否天晴"，来和热闹非常的"末年"进行告别。当另一年的晴天接着来到的时候，我想下一个镜头又在酝酿吧，只是不知是短是长了。

冰心在《"无限之生"的界线》中反复强调"光明来了"！也许在冰心先生看来，世界永远有着光明，末日只是自己告诉自己的心。我想我怀旧的一切也没有终点，明亮常伴。18岁之前铭心，18摄氏度正好会刻骨。18摄氏度对于18岁将是无限之生。

当记忆永无止境。

自己，18摄氏度。

残阳似血

文 / 汪文珏

　　或许，残阳似血的不仅仅是那美好的爱，还有走向成熟的一步一步的脚印，只有这样的童年才是完整的。

——题记

雪雪：

　　最近我总是心神不宁，无法平静。我究竟是怎么了？还不是因为那可爱的"摇摆舞"！哼，那天爸爸二话不说，一把拉住我跳起了可爱的"摇摆舞"，害得我当众出丑！哼！我要离家出走了！我做好了心理准备，在餐桌上放上"爸爸妈妈，我走了再也不回来了……"的纸条，就离开了家。

妈妈：

　　雪雪给我留了条，让我很困惑，她怎么会如此生气，以至于离家出走呢？是的，我不慌张，她怎么会走远呢？她已经有过253次的出走，怎么能让我吃惊呢？我的家庭并不富裕，也经不起这样的出走，我倒要看看惹祸的孩子他爸，哼！怎么处理？

爸爸：

　　她出走了，关我什么事呢？不过，是不是要求助110，求助电视台，求助SOS呢？不过好像不严重，上次的字条好像也有"爸爸妈妈，我走了，再也不回来了"。而这回多了"……"说明了她还有许多没说完的话，那么就说明……算了，不猜测了。唉！外面下雨了？我的宝贝女儿啊，会不会淋坏呢？是不是需要雨衣呢？算了，我这个爸当得可真不负责。不去了吗？算了，还是去吧！

语文老师：

雪雪成绩不错，作文写得十分动人，不过她却十分淘气，经常搞得别人"心神不定"。不过说真的，她是个好孩子。

雪雪的同学：

她学习好，人品也不错。我们中如果有的同学没带笔之类的，她总是借给我们。她是个直肠子，从来没见过她玩什么阴谋诡计。我们真的很担心她呢！希望她一路平安，千万别遇上坏人啊！

雪雪：

下雨了，我只好躲到书店里，挨过了一个下午。对别人来说，这是一个普普通通的下午，对我来说，它就跟一个世纪一样！我承认，我不该对父母大吵大闹、挑三捡四。可是，爸爸对我也太无礼了，我不是小孩子了呢！我躲在店里焐干了自己的湿衣服，看着书心里好受了些。看看手表，已经下午7时了！7点了！书店要关门了，我只好躲到一个小报亭躲雨。唉，早知道，我真不该离家出走呢！

爸爸：

我在街上骑着破自行车找雪雪，一路骑，一路喊："雪雪！雪雪！"可是没看到雪雪的一点儿影子，我苦苦地找了一个小时，两个小时，三个小时，打开手机一看，哇噻！已经10点了！我只好抱着试试看的态度，用她妈妈的方法试试。我来到了这个城市里最大的广播站，对广播员说了几句。他答应了，我高兴又失望地回家了。

广播员：

刚才那个男人真奇怪，居然让我在喇叭里大喊："××！你妈妈喊你回家吃饭了！"真是贻笑大方！不过，我改了改，在喇叭里这样说："雪雪，你的父母正在找你回去，请速归，雪雪……"唉，你是不知道，那天全城人都在听哪！

妈妈：

听到她爸爸在喇叭里让广播员广播后，我真是又觉得好笑又觉得生气。人家原话是这样说的："你去给人家发个什么寻人启事，不就可以了吗？"结果到他嘴里，倒成了："你爸叫你回家吃饭了！"喂，孩子他爸，还有什么男子汉、大丈夫的气概啊，哼，我看你是臭豆腐！真是的，一天已经过去了，雪雪还是音信全无。不过上次是一个星期，这次恐怕，唉，难说！

雪雪给好朋友打电话：（雪 A，好朋友 B）

A：喂？是××吧！

B：哦，你是谁呢？听起来很耳熟。

A：我是江雪雪的啦！喂，你不认识我了吗？我可是你最好的朋友！咱俩谁跟谁啊！……

B：哦，是吗？（恍然大悟）你不是第二百五十几次来，哦，四次出走了吗？

A：是呀，我原先躲在报亭来着，现在，我来到一家精品店门口，看到了我爸。

B：啥？你逃走了吗？

A：那是当然。我一个大翻身转过弯来，全速赶到药店，躲了进去，差点儿就撞歪了人家的药品台！

B：你可真行！到我家躲几天！

A：算了吧，就你那嘴，早传开了。废话不多说，我打电话，是想问问你，咱这城里，宾馆在哪儿呢！

B：在广场的右边，怎么了？

A：我要住几天，多少元一天呢？

B：可能大约或许……1000 元吧！你带够了吗？

A：（翻了翻）没有，只带了 999 元，那一元我买水喝了。

B：真有你的，要么你回家拿？

A：行，你把我父母引开，我进去拿钱。

B：就这样定了！再见！

A：再见。

爸爸：

哈哈！还是我最了解我女儿，幸亏在她手机上安装了电话监听软件，这下全让我听到了。我要告诉孩子她妈，今天无论如何，绝对不离开家一步！哈！

好朋友：

江雪雪约了我，我一定要帮助她，既然我听了你爸爸的自言自语，我一定要把他引开。雪雪"难得"出来一次，让她好好地玩玩吧！OK，明天实施！

雪雪：

我收到了一封信，是好朋友给我的哈，原来是这个，嗯明白，先去吃饭吧。"人是铁，饭是钢"，我要吃饭了！

妈妈：

两个小鬼竟然昨天没行动！过去两天了，今天，雪雪无论如何，都会回家的。我要给孩子他爸发个 E-mail，看你们怎么斗！除非有你爸的邮箱密码，我一定不让你们"得逞"！

同学张凯发给雪雪的 E-mail：

雪雪：

你爸爸的邮箱号已经盗来了，帐号是 ****** 密码是 ******。

张凯

雪雪：

我成功收到了我妈给我爸的 E-mail，原件如下：

她爸：

她们一伙今天"进攻"，望注意。

雪雪妈妈

而我要来个回信：我在键盘上打下"已知，明白"几个字，回了复。看老爸老妈怎么办？

同学张凯：

雪雪，你妈妈的邮箱号又弄来了，不过，我只等你的命令，咱俩虽然不是好朋友，但是在考试的时候，你供给了我钢笔，无论如何，我感谢你。

好朋友给爸爸打电话：（雪雪的爸A，好朋友B）

A：请问你是谁呢？

B：你好，我是江雪雪的好朋友。

A：请问你有什么事呢？

B：阿姨让我转告你一声，明天是她母亲的生日，让你去买蛋糕。

A：谢谢你了，再见！

B：不用谢，再见！Bye-Bye！

爸爸：

买蛋糕？我怎么没听说过，一般都是买几件好看的衣裳。我查了查日历，今天正好4月1日。嗯，雪雪好朋友的玩笑居然开到我身上了！

妈妈：

结果，她们还是来了。她们互相埋怨起来，我什么也没有说，把雪雪抱到屋里。雪雪的左腿有些残疾，她的腿一长一短，比别人困难。可是，我远远没想到，大家没有一个人嘲笑她，反而处处帮助她，这让我很感动。她的同学一个个都是好样的，是最棒的。雪雪喜欢撒谎，可是同学们都包容她、宽容她。想到这儿，雪雪正好从屋内飞速跑出来，我怜惜地查看着她的腿是否受伤。果真，已经磨了几道口子。我站起来，给了雪雪一个温暖的拥抱。那天，夕阳暖暖地射下，她的同学们都来了，雪雪哭着，捶着我的胸。周围一片"祝你生日快乐"的歌声随即响起，这里面有她的好朋友的脸，也有她同学张凯的脸，雪雪喜极而泣，我欣慰地笑了。那一天，残阳似血。

小时候

文 / 陈梓婕

小时候，心里的那座属于自己的城，永远不会倒塌。

小时候，有太多的不明白，总喜欢问这个问那个，有时候大人被问烦了就会被赶走。

听妈妈说，我小时候换过三个幼儿园，没有一次不是哭着回来，虽然最后还是留在一个环境比较好的幼儿园。

刚开始去幼儿园的情况我已经不记得了。记得幼儿园印象最深的事就是第一次，也是唯一一次睡午觉睡上铺，然后摔了下来……从此以后，老师再也不敢让我睡上铺了。幼儿园的游泳池几乎是摆设，除了暑假以外其他时间压根就没开放过。所以对于我们这些熊孩子来说，游泳池就是制造恶作剧的好地方。没事就蹲在旁边假装无聊，一看到有人经过就跑去把人家推进去。一次我们本来要推路过的一个女孩子的，但等到她走到我们跟前的时候，我一看是个这么小的妹子就没忍心推下去。对此，他们抱怨了我好久——也是，当初我就该跑上去问她是哪个班叫什么名字。

然后就毕业了。

等进了小学，我还在想幼儿园的那几个和我疯的熊孩子时，那个被我放走的妹子出现在了我们班。我马上抛开幼儿园的朋友跑去搭讪，聊得很嗨。

然后就迷迷糊糊过了一年级。

二年级自然和班上的人混得很熟，在班上完全就是那种从神经病医院跑出来的样子……但收获很多，比如妹子、死党。

我和死党可以说是班上最疯的一对，而且没事就互损，两个人关系好得不得了。在我印象中，我们小学几乎没多少活动，就看了几场电影，出去玩了几次和每年的运动会（运动会对于我们来说，就是带手机平板各玩各的，然后看一群人像日本人气动漫《进击的巨人》里的奇行种一样到处乱跑）。

三年级可以说是我和死党闹得最僵的，可笑的是现在回想起来还不知道是因为什么。那个学期她和四班一女汉子对付我，往我抽屉里塞鞋套，里面写着骂我的话。其实那个时候我是想谢谢她们的，因为这样我就不用每次上微机课都带鞋套了，毕竟抽屉里有的是。

四年级又不知道怎么就和好了，然后就疯疯癫癫一直到五年级。

我们学校算是只管学习的那种，但是如果你不是学霸又不是学傻了的话，老师都懒得管你学习。所以我那时做什么老师都懒得管，甚至一次期末一个男同学抢我本子不还给我，我火来了把一根笔芯插他下巴里老师也只是简单批评了我几句，然后给家长打个电话就没有下文了。

到了六年级，我和死党的关系在我们班甚至整个年级看来就是"同性恋"。我也懒得多说什么，反正我死党是妹子的外表女汉子的内心。可问题是她是学霸而我是学渣，老师看我一般般，就叫她不要理我。我当时就在门口听着，害怕她不理我。结果出来不到三秒，她就问我去不去吃绵绵冰。也就是那次，我每天都有喜欢的坑好了的一杯绵绵冰……

现在想起来是多么羡慕当时的自己：夏天放学可以迎着很温暖却不热的太阳，走几步到对面公园里的奶茶店坑一杯抹茶红豆绵绵冰，多美好呀！

可惜当我意识到我们在一起的时间不长了的时候，已经开始拍毕业照了。我知道拍毕业照意味着什么……

然后就是毕业了。我们在毕业典礼上没有哭，我也不敢哭。可在死党请我最后一杯绵绵冰的时候，我却差不多哭出来了。

到了现在，我们基本没什么联系，她考取了我们这里很好的一所学校，而且是全年级第16名。

人不就是这样的动物吗，只能等到即将失去的时候才能意识到这个东西的重要，只能等到即将过去的时候才能意识到原来是有多么美好，而我们却偏偏就是这样的动物。

新起跑线上，我摔了一跤

文 / 邓文杨

很多人说小学是学习的起点，可一到初中，又有人说初中是学习的基础。但不论怎样，进了初中就像是站在了一条新起跑线上，一旦落后就很难再赶上了。对这个问题，我可是深有感触。

就在前两天上数学课时，有两个知识点我没怎么听懂，可我却依然不怎么在乎。但噩梦马上就降临了，第二节课老师居然搞了个突然袭击——考试。这对我来说简直是晴天霹雳一般的呀！试卷很快就分发下来了。做之前，我先大概地看了一遍，还好，大多数是我很熟悉的"老朋友"。可越往后看我越高兴不起来，因为最后三个题目刚好是自己上一节课没听懂的"新朋友"。就这样，我惴惴不安地开始了答题，边做边担心，做到最后三题时更是头脑一片空白……很快下课铃便响了，直到交卷时我还在不停地责怪自己：为什么自己上课不认真听讲？

第二天，上午第一节课老师就把昨日考的试卷放在讲台上，叫同学帮发到每个人的桌子上去。当看到分数的第一眼，数学一向很好的我就傻眼了——我从来没考过这么差的分数！这个上午，我不知道自己是怎么度过的，回到家我也泣不成声，但这也怪不得别人——谁叫自己上课不认真听讲呢？

虽然上好大学不是人生的唯一出路，但它却是一条重要的路。要想上好高中，就必须先上好初中。只有这样，才能为以后的学习打好基础。这次，我虽然摔了一跤，摔得很重很惨，但我还是得感谢它，因为它提醒了我：学习没有终点，进步没有止境。只有认真学习，方能打好基础，才能在今后的长跑中跑得更快，更远！

雪 球

文 / 袁义翔

一

"'雪球',来,快过来!"我低声喊着。"雪球"听到我熟悉的叫声,摇着尾巴用它粉色的舌头轻舔着我的手掌。

"快吃,'雪球'!"我把狗粮放在"雪球"的小碗里。

"雪球"是一直纯白的娃娃狗。圆溜溜的身子像一团雪,所以我给它取了这样一个可爱的名字——"雪球"。

说来"雪球"并不是我家的狗狗。它是我与妈妈到菜市场买菜回来的路上,路过一家街口的花店时看到的。"雪球"哼哼唧唧的叫声吸引了我。我在那儿驻足了好久。我一直很喜欢这种毛茸茸的小动物,可妈妈总觉得养这种小动物会把家里弄乱,妈妈是个特爱干净的人。

为了看"雪球",我开始刻意地从这里经过,后来干脆攒下零花钱买了狗粮来喂它。

二

"雪球"是这家名为喜洋洋花店的主人养的。开花店的是个女老板,三四十岁的模样。每次看到我喂"雪球",不说什么,总是笑笑。时间一长，我和"雪球"便有了深厚的感情。

每次"雪球"听到我喊，总会乖乖地跑过来舔着我的手指，或是用它黑黑的鼻头蹭我的裤脚。记得"雪球"第一次见到我，就像见到一个老朋友一样，不停地朝我摇着尾巴，显得既亲切又熟悉。

那天正当我埋头与"雪球"戏耍时，一个响亮的声音在我耳畔响起。

"我知道你常来，是妈妈告诉我的！"

我猛一抬头，一个六七岁的男孩站在我的面前。说完，他弯下腰摸着"雪球"的毛发，"雪球"顺势也友好地舔着他的手。

"哦！这……是你家的狗狗？"

"是的！它一直在妈妈这里。"男孩很瘦弱，苍白的脸上，一双大大的黑葡萄般的眼睛像是会说话。一笑，还有两个浅浅的小酒窝。

"我叫澄明，你呢？"

"我叫云帆。"男孩嘿嘿地笑了，露出两排洁白的牙齿。

"你刚才叫它什么？"男孩云帆指了指狗狗。

"噢！是我给它取的名，叫'雪球'。"

"'雪球'！这个名字真好听！"男孩顿了顿，接着说："明天，你……还来吗？"

"来！"我简短地回答。

"那我等你，一言为定！"

"一言为定！"话一出口，连我自己都诧异与这个素不相识的男孩说出的这种约定。

三

第二日，我如约来到了这家花店门口。男孩云帆见我来了，热情地把我让进了屋。我从未走进这家名为喜洋洋的花店。里面布满鲜花，淡淡的香气扑入鼻中。云帆妈与我打着招呼，热情周到地为我端来了热水和糖果，就径自招呼客人去了。

我和云帆面对面地坐在小马扎上。刚开始总觉得有些生疏，甚至有些不好意思。还是云帆先开了口，从谈话中我渐渐了解了云帆的家庭。

云帆从小一直跟奶奶住在乡下。乡下很穷，云帆的爸爸在一次车祸中不幸丧生。家里就只剩下他和妈妈，还有奶奶。云帆爸出事不久，云帆妈就只身一人来到了这座城市打工。她做过洗碗工，做过清洁工，还做过好多工种。后来，云帆妈用攒下的钱开了这家小小的花店，因这家花店不是开在很繁华的地方，所以房租相对便宜一些。

"那你和妈妈会一直待在这里吗?"

"不知道,妈妈说我该上学了,要挣更多的钱才行!"

不知怎么,看到云帆那双大大的黑眼睛,我的心莫名地涌过一阵酸楚。

"来,我们看看'雪球'吧!"云帆的这番话打断了我的思路。

四

自从认识了云帆,每次做完了功课,我总会往他家的花店里跑。妈妈也了解了云帆家的具体情况。善良的妈妈让我好好地对待人家。我给云帆带了一年级的课本和许多课外书。云帆妈见我拿来这么多东西,显得很不好意思,连声说着谢谢,不停地忙这忙那,还给我做她的拿手点心——"香酥绿豆糕"。甜甜的绿豆糕与云帆妈的热情一同融在了我的心里。

云帆很聪明,而且偏爱画画。他的画总是很贴近大自然。有金黄的田野,有湛蓝的天空,有村口的小河,还有在一旁玩耍的小伙伴。云帆经常这样介绍着:这是隔壁的妞妞,这是玩伴虎子,这是牛牛。我常常幻想着云帆乡下的世界,一个充满欢乐和自由的世界,对我来说,那里的一切都是崭新的。天空特别的瓦蓝,草木特别的碧绿。

就这样,我们一直沉浸在这种欢乐中。云帆教我画画,我教云帆读书写字。每当云帆妈看到我们高兴的样子,脸上的喜悦总是挥也挥不去。

五

时间在欢快中流淌着。

那天,我又来到云帆家花店的门口,却只看到"雪球"的影子。我诧异地走进花店，一进门看到云帆哭红了双眼，呆坐在角落。一旁的云帆妈不停地叹息着。云帆见到我，仰起小脸，嘴角还在不停地抽动，显然已哭了好久。

"怎么？云帆，你告诉我，是谁欺负你了吗？"

云帆"哇"地哭出了声。云帆妈走过来轻拍着儿子的头。

"来，云帆，到妈这儿来……澄明，你也坐下。"

大家坐定后，云帆妈说出了事情的原委。

原来接到通知，这里要进行改建，周围的所有小店都要拆除，云帆家的花店也在划分范围之列。

"那……你们？"

"阿姨想过了，只能搬走，还是回乡下吧，云帆的奶奶上了年纪，也需要照顾，何况云帆也该上学了，就是……唉！就是云帆这小子心里总放不下你，这不哭了一天了。"

霎那间，眼泪在我的脸上无声地滑落……

六

几天后，我来与云帆告别。

那天云帆哭成了泪人，手里抱着个箱子。我的心猛地一紧，这个箱子我再熟悉不过了，是"雪球"的小屋。云帆要走了，他把"雪球"留给了我，要我好好照顾它，说不定哪天他会来看望我和"雪球"。我强忍着眼泪不让它流下来，可眼泪这家伙像不听使唤了一样，一味地往下淌。我把一套新的课外书送给了云帆。许久，云帆摸着崭新的书，说不出一句话。

尾声

半年过去了。"雪球"在我的精心照顾下长大了许多。妈妈也喜欢上了小家伙。

那天,我又去了那条小街,那里的房屋已拆除,换成了一排排崭新的商业房。我怀抱着"雪球"站在那里,目光扫视着那个曾经熟悉的地方。远远的,我好似看到了那双熟悉的黑眼睛,也好似闻到了久别的纯香的绿豆糕。

(本文原载《马小跳》2013年第10期)

谦虚永远是一种美德

摘编 / 陈亮

有人曾做过调查:"什么样的人最受欢迎?"被调查的人中有80%的人认为第一是宽容大度,第二是谦虚随和,具备以上两种美德者最容易为人们所接受。

"谦虚"即虚心,不自满,肯接受批评,对自己有自知之明,承认自己的缺点和不足,居功而不骄;对别人能知其所长,虚心好学。世上凡是有真才实学的人,凡是真正的伟人俊杰,无一不是虚怀若谷、谦虚谨慎的人。

京剧大师梅兰芳拜名画家齐白石为师学丹青,他从不因为自己是位名演员而自傲,而是经常以学生的身份为白石老人磨墨铺纸。有一次齐白石和梅兰芳同到一位官员家做客,白石老人先到,跟其他宾朋的西装革履或长袍马褂相比,布衣布鞋的齐白石显得有些寒酸。不一会儿,梅兰芳到了,主人高兴地迎上来,其余宾客也都蜂拥而上,一一同他握手寒暄。

梅兰芳知道齐白石今天也来赴宴,便四下环顾寻找老师。当他看到冷落在一旁的白石老人时,忙挤出众人的包围,走到齐白石面前向齐白石致意问安,并恭恭敬敬地叫了一声"老师"。众人见状都十分惊讶。

齐白石深受感动,几天后特向梅兰芳馈赠《雪中送炭图》并题诗道:

> 记得前朝享太平，布衣尊贵动公卿。
> 如今沦落长安市，幸有梅郎识姓名。

除了拜画家为师，梅兰芳也拜普通人为师。有一次他在演出京剧《杀惜》时，听到有个老年观众说"不好"。梅兰芳来不及卸装更衣就用专车把这位老人接到家中，恭恭敬敬地向老人请教："先生说我不好，必有高见，定请赐教，学生决心亡羊补牢。"

老人说："阎惜姣上楼和下楼的台步，按梨园规定，应是上七下八，博士为何八上八下？"

梅兰芳恍然大悟，连声称谢。从那以后，梅兰芳经常邀请这位老先生观看他演戏，演完之后再请老先生指正演出中的不足。

谦虚是指能从一个表面看起来不如自己的人身上看到他的优点，是一个人正确对待自己和正确对待别人的道德要求。谦虚的人对自己总是富于自我批评，对别人却能虚怀若谷。

三国时的吕岱位高权重，名声显赫，但却能虚心听取批评意见。他的朋友徐厚为人忠厚耿直，经常毫不留情地批评吕岱的缺点。吕岱的部属对徐厚十分不满，认为徐厚太狂妄，并将徐厚背后说吕岱的不足告诉吕岱。吕岱听后不但不怪罪徐厚，反而更加尊重和亲近他。徐厚死后，吕岱失声痛哭，边哭边诉："徐厚啊！以后我从哪儿去听到自己的过失啊！"

谦虚永远是一种美德！从古代的圣人孔子、孟子到近现代的伟人毛泽东、周恩来，也无不以谦虚为修身之要。毛泽东曾说过，"虚心使人进步，骄傲使人落后"。

从古到今，有关崇尚谦虚的名人名言更是浩若星汉，如："满招损，谦受益""不自大其事，不自尚其功""恃国家之大，矜民人之众，欲见威于敌者，谓之骄兵""劳谦虚己，则附之者众；骄慢倨傲，则去之者多""放荡功不遂,满盈身必灾",等等。

可很多人却不解其中之意,认为谦虚是懦弱或者无能的表现,因而总是不愿意从内心真正接受这种品质,处处表现出骄纵傲慢之态。

其实,从某种意义上说,任何人都没有骄傲的资本,因为任何一个人,即使他在某一方面的造诣很深,也不能够说明他已经彻底精通、彻底研究全了。生有涯而知无涯,任何一门学问都是无穷无尽的海洋,都是无边无际的天空。所以,谁也不能够认为自己已经达到了最高境界,就停步不前、趾高气扬,如果是那样的话,必将很快被后人超过。

所以,谦虚不仅是一种正确的学习态度,更是一种做人原则,所谓"谦谦君子,温润如玉"是也。在《易经》六十四卦里,再吉的卦也有不吉的爻,唯有"谦"卦六爻皆吉,这是为什么呢?《易传·谦·彖》对此有一个精妙的阐释:"谦,尊而光,卑而不可逾。"把"卑而不可逾"译成一句白话,那就是:谦虚,是不可战胜的。

为此,我们每个人应怀着一种"虚怀若谷"的品质,抱着一种"谦虚谨慎、戒骄戒躁"的精神,用我们有限的生命时间去探求更多的知识空间!

随和是一种素质和修养

摘编 / 肖世清

随和是与人为善，不斤斤计较，能够以谦和的态度对待他人。

——编者

19世纪法国名画家贝罗尼，有一次到瑞士度假时，每天仍然背着画架到各地去写生。一天，他在日内瓦湖边正用心画画，旁边来了三位英国女游客。她们边看边指手画脚地批评起来，一个说这儿不好，一个说那儿不对，贝罗尼按照她们的意见把画一一修改过来。

第二天，贝罗尼有事到另一个地方去，在车站碰见昨天批评他的那三位妇女正交头接耳不知在讨论些什么。过了一会儿，那三个英国妇女看到他了，便朝他走过来，问他："先生，我们听说大画家贝罗尼正在这儿度假，所以特地来拜访他。请问你知不知道他现在在什么地方？"贝罗尼朝她们微微弯腰，回答说："不敢当，我就是贝罗尼。"三位英国妇女大吃一惊，想起昨天的不礼貌，一个个红着脸跑掉了。

真正有成就的人，也都是随和的人。随和是一种文化和素质，更是一种心态和心境，是一个人不可或缺的个人修养。

心态随和的人，都是大度的人，不会为了一点鸡毛蒜皮的小事情而与人斤斤计较，更不会为了一时心里面的不痛快而处处与人针锋相对、挖苦讽刺甚至绵里藏针。因为他懂得，不值得为无关宏旨的事情浪费自己宝贵的时间和精力。

随和不是软弱，更不是稀里糊涂，而是一种宽容，是一种看淡了世事的淡定从容的人生态度。心态随和的人，能让所有与之接触交往的人都能感觉到一种放松的气氛和平易近人的待人接物的态度。

1949年，毛泽东在北京香山双清别墅休息、办公，并接见国内外的客人。5月的一天，一个年轻的摄影师接到组织下达的任务，去香山完成主席接见外宾的摄影工作。这次会见结束，客人走后，摄影师收拾器械也准备离开。这时，主席回过身来招呼她坐下，问她老家是哪里。摄影师回答："山西夏县。"主席说："哦！是关云长老乡！陈赓在你家乡打了好几个大胜仗呢！你是什么时候到延安的？"摄影师又回答说1939年。主席说："你是吃陕北小米长大的，要为人民好好服务。"

主席风趣的一番话，使摄影师紧张的心放松了，她没想到主席这么平易近人，而且说话这么幽默。想到不能过多占用主席的时间，就起身向主席告辞。可摄影师心里总想着跟主席合影，正不知怎么开口时，主席却站起身，说："来，咱们一起照个合影吧。"与摄影师一起来的记者忙举着照相机，给他们拍下一张珍贵的照片。

随和是后天的哲学修养，是温和待人的处世方式，是练达人生的重要体现。

初级的随和只是为了不伤和气，遇事忍让，顺从众议，不固执己见，使自己拥有一个宽阔流畅的生存空间。而高层次的随和则是与人为善，是淡泊名利时的超然。

新学期开始的时候，北大校园来了一位背着大包小包的外地学子。这位学子实在太累了，就把包放在路边，这时正好走过一位老人，年轻学子就拜托这位老人替自己看一下包，以便轻装去办理入学手续。老人爽快地答应了，一个小时过去了，学子归来，老人还在尽职尽责地看守行李，谢过老人后，两人分别。

几天后是北大的开学典礼,这位年轻的学子惊讶地发现,主席台上就座的北大副校长季羡林先生正是那天替自己看行李的老人,年轻人的心灵被深深地震撼了,不是为职位,不是为学问,而是为老先生那平易近人的高贵人格。

随和离不开过来人的阅历和见识。随和的人也都是善于学习的人,因为只有渊博的学识才能使人豁达从容和平易近人。

随和是一种素质和修养,品味随和的人会成为智者;享受随和的人会成为慧者;拥有随和的人就拥有了一份宝贵的精神财富;善于随和的人,方能悟到随和的真谛。

青苹果之恋

文 / 如风

十二年前,他坐在我的前座,时常回过头来和我说话,或者一同温习功课。我们之间有说不完的话,做不完的游戏。一到下午自习课,我们做完作业后就拿出方格本玩五子棋,他拿黑色钢笔,我拿红色圆珠笔,他画"×",我画"○"。

我是五子棋高手,他是高手中的高手,所以我总是玩不过他,但我总不服输,每次都雄心勃勃地想打败他。然而无论我出什么奇招,他总能有办法接连出现三个"四四",让我堵之不及。我很不高兴输棋,我喜欢享受胜利的骄傲与喜悦,所以,当五子棋不能胜他时,我就建议改玩"打飞机"的游戏。

所谓"打飞机"的游戏,就是我们各自耐心地在一张白纸上画上横竖十排方格,分别在纵坐标上标上小写的数字"1、2、3……",在横坐标上标上大写的数字"一、二、三……",然后按照游戏规则画出三架飞机:飞机头占一个格子,机翼占横着的五个格子,机身占竖着的两个格子,机尾占横着的三个格。如何在这横竖十排方格里"陈列"出三架飞机,则完全靠自己的想像力。画时谁也不准看对方的飞机陈列图。画好后,我们开始猜测对方的飞机陈列方式。

当其中一人喊"8"时,另一人就必须告诉他这个格子中的情况,若这个格子里什么也没画,就喊:"空";若这个格子里正好画着机头,

则喊"沉了";若这个格子里画的是机身部分,则告诉对方:"中了"。谁先准确猜出对方的飞机布阵图谁就是赢家。

若是我们的世界中只有我们两个人,那么一切都不是问题,若再多两个和我们一样的人也不是问题,问题是只多了一个。所有的麻烦都来自于这多出的一个。谁是多余的"这一个"的哲学命题搅扰了我好多年。当然,这多出的一个不是他——莫佑军,因为若没有他的存在,就不会涉及到多出的"这一个"的问题。那么,我和我的同桌许心平究竟谁是多余的"这一个"?就我的个性来讲,是绝不甘心屈居人下的,可是,烦恼恰恰在于我似乎就是多出的"这一个"。

许心平是全能的女生,用当时的时尚话来说就是德、智、体、美、劳全面发展,她不仅成绩好,而且是班长,各种活动都被老师指定参加,比如参加演讲比赛、百米赛跑、跳远、铁柄,另外,她还是校广播员。坦白地说,我对她嫉妒极了。事实上,我成绩也很好,但没有她成绩好;我也当"官",但不如她"官"大。许心平是地道的城里人,而我却是一个迁移到城里的农村人,她家住的是楼房,我家住的是平房;她家住在市中心,我家住在郊区。她处处比我优秀,我猜想莫佑军喜欢的一定是她,所以,我认定我就是多出的"这一个"。唯一值得安慰的是,我虽然身为女孩最大的罪过是长得不美,但她比我更不美。然而,她身材比我好,她很苗条,我从头到脚都是浑圆的,胳膊和腿圆圆的像是熟透了的藕,整个人像复活的哪咤一般,肤色却像土豆皮。

这是唯一一个成为我的知己的男生,为什么他不能只有我一个异性朋友呢?他对我好,干嘛还要对许心平好?他干嘛要对许心平和我一样好?不,他对她比对我更好。这种三分天下的局势严重影响了我们三个人之间的正常的友谊和交往,因为我的嫉妒心时刻在作怪。我总是与许心平比较,总是,思想上一有空闲,就与她比,然后猜测莫佑军更喜欢哪一个。但是佑军过于公正或者博爱,对待我们像宝玉对待宝钗和黛玉一样，表面上谁也看不出亲疏，只有他心里明白更喜欢谁。整个初三，除了想功课之外我想的问题只有这一个——莫佑军更喜欢谁。

初中毕业时，佑军没有考上重点高中。而我和许心平都考上了重点高中，被分在不同的班级。一天下课期间，我看到莫佑军站在走廊里和许心平聊天。我认定他喜欢的是她。于是，整个高中时代，我既没有去找他，也没有恋爱，然而心中却只有他。

大学时的一个寒冷的冬天，正在学府书店看书的我听到有人呼唤我的名字，一抬头，竟然是莫佑军！我们到烧烤店里边吃边聊，聊的只是这几年的学习和生活。他有了女朋友，但不是许心平。我也有了男朋友。他似乎想说什么，但欲言又止。最终还是什么都没说。

几年以后，有一个人在QQ上要求加我，起初不以为然，没想到这个人竟然是莫佑军。他说他通过各种途径终于找到了我。

"找到你真开心。"

"有人找我我更开心。"

"你过得好吗？"

"算好吧……飘泊天涯，你呢？"

"平平淡淡。"

"你想和我说什么？"

"你想说什么？除了怀旧，我们还能说些什么？"

"也是，我们年纪轻轻，已经开始回忆了……"

"是的，只有在回忆中，才能找到彼此的存在。"

"是……我们只有回忆，没有未来。时间是永远……"

"别这么伤感。我们会是一生的朋友。"

"也只是朋友，而且，能见面么？能几年见一次面呢？"

"会的！会见面的！不论我们是否能够长相见，但一定要长相忆。"

"我始终有一个疑问：那时，你究竟喜欢谁？"

"你不知道吗？"

"当然不知道。或者说，我认为是心平。"

"小傻瓜，是你呀。"

"我怎么感觉不到？"

"我自始至终喜欢的都是你，从见到你的那一刻起。"

"为什么不说？那个时候，我只对自己的感觉敏感，对外面的世界反应总是很迟钝。而且，我很自卑，又强行装作高傲的模样。"

"瞧你那火爆脾气！"

'可，总有温柔的时候啊。（我发了一个害羞的小图标）"

"对不起，不怕你恼，你那时候与温柔根本不沾边！"

"（我发了一个哭泣的小图标）"

"不过，那一次，我攒足了勇气，到你家找你，想把你约出来看电影、爬山，然后向你表白。你忘了我去你家你怎么对我的？我伤心死了。"

"哪次？"

"就是那次，你对我那么凶，简直是把我撵出来的！我不过是轻轻地碰了你的衣领。我以为你看不上我呢！"

……

我坐在电脑前，有片刻的呆滞，就因为我对他凶了一次，他就会那么伤心，我怎么还会怀疑他的情感呢？他使用了达西向伊丽莎白求婚的勇气向我求爱，也遭受到了与达西同样的巨烈的挫败感。我伤害了他，却全然不知！

"……你到我家的前一天晚上，我本打算去找你，去向你寻求答案。我从养鱼池超近路，夜黑风高的……差点被一个暴徒……如果……我会自杀……我一定会。不过，我要先杀死他，然后自杀。"

"啊？！你……怎么会这样？你为什么不告诉我？"

"那个时候，我怎么张得开口？我怕你轻视我。我并非因为你揪我衣领的轻率行为恼怒，而是因为……我脖子上有被他勒过的紫黑色的印痕。我不想你看到，也不想任何人知道前一天晚上发生的事情。"

"你怎么会那么傻？什么事情都一个人扛着，在你根本扛不动的时候！莫说没有，就是……中学一毕业我立即娶你。"

"陈年旧事，再提无义。不过，你的话让我感到十分欣慰。"

"来生再续缘！"

"只能寄予来生，如果有来生的话……"

……

"嗯？"

"你能说句：我爱你吗？"

（我犹豫了一下，然后坚定地敲击着键盘）"我爱你！真心实意地爱你！我代十五岁的我对你迟来的表白进行回应——向着十六岁时的你！你原本应该是我的初恋，而我，本希望今生今世只有一次恋爱。"

我哭了……

"不要，在网吧……不好。"

"我知。但，现在，我必须全身心地爱她和我的女儿。"

"当然！我也爱她们！我感谢你的妻子，是她让我有机会再次遇到你——尽管是在网上。"

"为什么不用摄像头呢？我想看看你。"

"我不想让你用摄像头看我，它会让我变得丑陋。有一天，我会站在你面前，让你真真切切地看到我。"

"我期待那一天的到来。"

"那一天，你的女儿一定会奔跑着叫你'爸爸'了。"

"即使事过境迁、物是人非，我一样渴望见到你，就像当初渴望爱你一样。"

"那时，我老了。我该多么老啊！"

"不，你永远年轻，在我心中，永远是初中时的那个倔强的小丫头。"

":）也许，你再见我时，看到的是小丫头的祖母了。"

"你苍老的样子也一定十分迷人。你拥有傲然于世的气质。"

"……永远想念你。只想念你十六岁时的样子。"

"我也是。"

"永远祝福你！"

"我也是。"

"回家吧。去照顾你的宝宝和她，为你开心！你欠了她的，你要还债。"

"你……"

"我不想做母亲，尽管我十分喜爱孩子。我所有的朋友的孩子都是我的孩子，我爱他们，爱他们的孩子，这就足够了。"

"你呀……保重。"

"嗯。你也是。"

"我爱你，我多么希望能够爱你！"

"不，你一直爱着我，像亲人一般，你惦记了我这么多年，我一直不知道，这并不能抹杀爱的存在。我们不能够拥有爱情，但是，我们拥有爱！我们爱着，我们的人生是完满的，我们会一直爱！曾经有过爱情的人也未必在分别之后会惦念彼此一生一世，而我们会，我们无法与彼此真正绝别，只要我们活着，我们就会回忆，只要回忆，就会想起我们曾经度过的青春时光！我们永远活在我们的记忆之中，永远活在我们不可消解的人生历程当中，永远活在我们的爱当中！"

"……今生遇到你是我莫大的荣幸！"

宽容别人就是善待自己

摘编 / 众望

> 宽容就像清凉的甘露，浇灌了干涸的心灵；宽容就像温暖的壁炉，温暖了冰冷麻木的心。
>
> ——雨果

我国现代汉语词典中对宽容的解释是：宽大有气量，不计较或不追究。著名作家房龙在他的名著《宽容》中曾经引用《不列颠百科全书》关于宽容的定义：宽容即允许别人自由行动或判断，耐心而毫无偏见地容忍与自己的观点或公认的观点不一致的意见。

宽容是一种放得下的大度，是与人为善的观念释然。

三国时期的蜀国，在诸葛亮去世后任用蒋琬主持朝政。他的属下有个叫杨戏的人，性格孤僻，讷于言语。连蒋琬与他说话，他也是只应不答。有人看不惯，在蒋琬面前嘀咕说："杨戏这人对您如此怠慢，太不像话了！"蒋琬坦然一笑，说："人嘛，都有各自的脾气秉性。让杨戏当面说赞扬我的话，那可不是他的本性；让他当着众人的面说我的不是，他会觉得我下不来台。所以，他只好不做声了。其实，这正是他为人的可贵之处。"后来，有人赞蒋琬"宰相肚里能撑船"。

姑且不论宰相是不是都是有肚量的人，但人们都把那些具有像大海一样广阔胸怀的人看作是可敬的人。

宋朝重臣韩魏公在大名府任上时，有人送他两只里外都没有一点儿瑕疵的玉制酒杯，韩魏公格外珍惜。每次设宴招待客人，都要专门摆放一张桌子，然后再铺上精美的绸缎之后才放上玉杯。有一次，韩魏公招待漕使，正要用玉杯斟酒劝客，玉杯忽然被一个差役失手碰倒在地上跌碎了。在座的客人们都惊呆了。而那闯祸的差役更是吓得面色如土，一下子跪在地上。只见韩魏公神色不变地对客人们说："世间一切东西的存亡兴废，都有一定的时间和气数在那里。"又回过头对那差役说："你是失误造成的，并不是故意的，有什么过错呢？起来吧。"宾客们都赞叹韩魏公的宽厚。

韩魏公后来担任定武统帅时，有一次在夜间写信，让一个士兵拿着火把在身旁照明。那个士兵向别处张望时，火把不小心烧到韩魏公的胡子，韩魏公急忙用袖子掸灭，然后接着写信。过了一会儿，他抬头看了一眼，发现拿火把的士兵已经换了。韩魏公担心长官会鞭打烧他胡子的那个士兵，就急忙把长官叫来，对他说："你不要追究他啦，通过这件事，他已经知道怎么拿火把了。"军士都十分赞叹佩服韩魏公的宽厚大度。

人非圣贤，孰能无过。每个人都会犯错，领导宽容，可以使近者悦、远者来、天下归。智者能容，越是睿智的人，越是胸怀宽广。因为他洞明世事、练达人情，看得深、想得开、放得下。

宽容是一种高贵的涵养。作为涵养，宽容就是肯定自己也承认他人，是一种善待生活、善待别人的境界。同时，宽容还是一种做人的原则。人在社会上生活，就少不了同各种各样的人打交道，宽宏大度者，能够允许别人有行动和判断的自由，甚至尊重、悦纳与自己志趣不投，抑或格格不入的人或事，能够以德报人、以理服人、以情感人。

宽容的最高境界就像江海生鱼，千形万类，任其自生，海阔天高，任其自游，由此也就成就了海的博大和丰富。有多大的胸怀，就有多高的境界；有多高的境界，就能干多大的事业。

纵观历史，那些成就大事的人，无一不是拥有宽容而博大胸怀的人，也正是因为拥有了宽容的胸怀，才使得他们成就了各自的事业。例如，唐太宗对魏征宽容，成就了魏征的直谏，而魏征的直谏成就了唐太宗"贞观之治"的盛唐局面；蔺相如对廉颇宽容，廉颇负荆请罪造就了一段"将相和"的佳话，促成了赵国固若金汤的强盛时期。

宽容不仅是一种非凡的气度和宽广的胸怀，更是对人对事的包容接纳的高贵的品质和崇高的境界。

明朝时，山东济阳人董笃行在京城做官。一天，他接到家信，说家里盖房为地基而与邻居发生争吵，希望他能借权望出面解决此事。董笃行看后马上修书一封，道："千里捎书只为墙，不禁使我笑断肠；你仁我义结近邻，让出两尺又何妨。"家人读后，觉得董笃行有道理，便主动在建房时让出几尺。而邻居见董家如此，也有所感悟，同样效法。结果两家共让出八尺宽的地方，房子盖成后，就有了一条胡同，世称"仁义胡同"。

世界由矛盾组成，任何人或事情不会尽善尽美。无论是"患难之交"，还是"亲朋好友"，都是相对而言。他们的矛盾常被掩饰在宽容的光环下，只有常用宽容的眼光看世界，友谊才能稳固和长久。宽容别人，其实就是善待自己。对别人多一点宽容，我们生命中就多一点空间。多一些宽容就少一些心灵的隔膜；多一份宽容，就多一份理解，多一份信任，多一份友爱。在人生路上，只要有关爱和扶持，生活就会有温暖和阳光。

在生活中，只有宽宏大量、与人为善、宽容待人，主动为他人着想，肯关心和帮助别人的人，才能够被人接纳、受人尊重。也只有宽以待人的人，才能够团结更多的人，在顺利的时候共奋斗，在困难的时候共患难，进而增加成功的可能，创造更多的成功机会。

有一种美丽叫慎独

摘编／王博

古人把历练人生分为四个阶段：修身，齐家，治国，平天下。修身不仅仅是读几本好书、做两件善事那么简单。修身不仅要饱学，还要慎独。饱学，是内功；慎独，则须内外兼修。

"慎独"最早记载于《礼记·中庸》："道也者，不可须臾离也，可离非道也。是故君子戒慎乎其所不睹，恐惧乎其所不闻。莫见乎隐，莫显乎微，故君子慎其独也。"

《大学》在解释"正心""诚意"时也讲到"慎独"："所谓诚其意者，毋自欺也。如恶恶臭，如好好色，此之谓自慊，故君子必慎其独也。小人闲居为不善，无所不至；见君子而后厌然，掩其不善，而著其善。人之视己如见肺肝然，则何益矣。此谓诚于中、形于外，故君子必慎其独也。"

《大学》《中庸》讲慎独的角度虽然不一样，但都强调修养的自觉性，都把"慎独"看成是修身的最高境界。

所谓"慎独"，可以通俗地解释为：小心翼翼地固守本性，无怨无悔地遵循道德，矢志不移地追求理想。慎独是在人们精神戒备最薄弱的时候，激发出的一种高尚情操、自律意识。其实，慎独说到底就是"慎心"：在各种利诱面前，靠强大的"精神防线"来抵挡形形色色的威逼和诱惑。

据资料记载，二战期间，德国民众依然保持着惊人的"慎独"精神。按照德国法规，砍成材的树木，不能成片采伐，只能按比例地挑着砍，并且每采伐一棵大树，都必须在原地种植一株幼苗，以确保森林的良性循环，永远郁郁葱葱。按说，战争期间，兵荒马乱，一切法律法规都被抛到九霄云外去了，令人称奇的是，尽管没人监督、守卫森林，德国民众仍一如既往地遵循原来的做法，按部就班地伐老树、种幼苗……

一个人的道德品质往往从最隐蔽、最细微的地方真实地暴露出来。慎独是一种情操，一种修养，一种自律，一种坦荡。慎独的人在无人监督的情况下，依然会按照一定的道德规范行动，而不做任何有违道德信念、做人原则之事。任世界物欲泛滥，慎独的人永远坚守内心的纯净与宁静。

《五元灯会》上曾载有这样一则故事：由于战乱，普陀寺的众禅者决定迁移庙址。在迁徙途中，只有豫通大师一人坚持早课，从不荒废。有人劝他说："此处无佛，大师可不必如此。"豫通大师答一偈子曰："此处无佛，我心有佛。既诚我心，是诚我佛。"

慎独，是深谷幽兰，是夜空星辰，是云外明月，不会因为没为深处幽谷而不芬芳，不会因为没人看见而不散发它的光芒。柳下惠坐怀不乱，许衡不吃无主之梨，杨震不收黑夜之金，许由清溪洗耳，屈原被流放仍然"沐后弹冠，浴后更衣"，他们的行为无不凝聚着人性的光辉。

慎独的人善于用一颗宁静的心灵来格物致知；善于用一颗纯洁的心灵，来修习生命的每一份高贵；善于用一颗宽广富于责任感的心灵来担当，引导周围的人；善于用一颗伟大博爱的心灵来对待世间的一切生命和事物，为着人类、世界的美好与和平而奋斗。

慎独是心灵的自然有序，是自觉的天人合一。慎独的人纯洁而善良，真诚而守信。做人做事贵在自觉。慎独的人站在人性的最高处，向世人昭示了生命的本真与智慧。

让自立撑起未来的蓝天

摘编 / 付红

只有独立自主的人，才能做到不必受任何人的牵绊，不必看任何人的脸色，才能有真正的自尊与自信。自立是养活自己的前提。只有学会自立，才能自己动手养活自己；只有学会自立，才懂得对自己的行为负责。

——编者

美洲虎是一种濒临灭绝的动物，为了保护它，人们把一对幼小的美洲虎放入秘鲁的国家动物园，并从大自然中单独规划出1500亩山地修建了一个虎园，里面有山有水，提供给美洲虎居住的房间里装有空调。另外，还在虎园放了几百只牛、羊、兔供老虎食用。可以说，这个虎园简直就是美洲虎的天堂。

但是，人们从没有见过这对美洲虎捕捉任何猎物，它们每天只吃管理员送来的肉食。它们每天的生活就是躺在装有空调的房子里，吃了睡，睡了吃，身体不停地发胖，不停地生病。

后来，为了让美洲虎有竞争意识，有人建议在虎园里放几只豹子。

于是，三只豹子被投进虎园。这三只豹子不仅天天跟美洲虎争抢食物，而且还经常威胁美洲虎的安全。在危机意识下，美洲虎不再睡懒觉了，时不时就冲到豹子面前挑衅。没过多久美洲虎就恢复了活力，恢复了健康，不久之后，雌虎还生下了一只小虎崽。

在虎的世界里，如果缺乏竞争意识，会导致颓废、退化，最终被淘汰。在人的世界，同样也是如此。

生活在优越环境里的孩子，如果认识不到自己将要肩负的家庭责任和社会责任，没有清晰的人生目标，把读书学习看成是一种负担，在学习上无精打采，消磨时间，被动应付；在生活上依赖父母，任性娇纵，做事缺乏认真负责的态度，那么，他们走入社会后，也必将像那对爱睡懒觉的美洲虎一样，既缺乏独立的人格，也缺乏自立自强的精神，如果不改变自己，也终将会被社会淘汰。

易卜生先生曾经说过："世界上最坚强的人就是独立的人。"是的，因为只有自立的个人才会有所作为，只有自立的国家才会不受欺负，才能实现繁荣富强。陶行知先生也说过："滴自己的汗，吃自己的饭，靠人，靠天靠祖上，不算好汉。"这无疑说明了人要学会自立，更要懂得自立。因为总有一天我们会长大，许多事情都要自己解决，自己面对。我们不能事事都依赖于他人，更何况，没有人能让我们依靠终身。

自立不是一句停留在嘴上的口号，而是渗透在学习和生活的各个细节里。为了美好的明天，为了幸福的未来，我们每个人都应该自觉磨炼自强不息的意志，每做一件事、每说一句话、每一项选择都要体现出我们自立自强、积极向上的人生态度。

梁启超的《少年中国说》很多人都印象深刻，照推下来，青年人的自立，也昭示着一个国家的自立。青年人因自立而创造出的价值，对于一个国家来讲也是很重要的。

少年时代，我们有可贵的时间，有青春的力量。我们此时学会自立，将来才能自己动手养活自己；此时学会自立，将来才懂得对自己的行为负责；此时学会自立，将来才能做展翅翱翔的雄鹰；此时学会自立，将来才能为自己撑起未来的蓝天。

从改变自己开始

摘编 / 方方

> 我不能改变天气,但我可改变心情;我不能改变容貌,但我可展现微笑;我不能样样胜利,但我可事事尽心;我不能预知明天,但我可善用今日;我不能掌握生命的长度,但我可拓展生命的宽度;我不能改变社会,但我可以通过改变自己而改变身边的人。
>
> ——题记

在英国最古老的建筑物威斯敏斯特教堂旁边,矗立着一块墓碑,上面刻着这样的一段话:

当我年轻自由的时候,我的想象力没有任何局限,我梦想改变这个世界。当我渐渐成熟明智的时候,我发现这个世界是不可能改变的,于是我将眼光放得短浅了一些,那就只改变我的国家吧。

但是我的国家似乎也是不能改变的。

当我到了迟暮之年,抱着最后一丝努力的希望,我决定只改变我的家庭,我亲近的人,但是,唉!他们根本不接受改变。

现在在我临终之时,我才突然意识到:如果起初我只改变自己,接着我就可以依此改变我的家人。

在他们的激发和鼓励下,我可能就能改善我的国家,接下来,谁又知道呢,也许我连整个世界都可以改变。

事实上，人只能改变自己，并不能改变别人。如果想要改变别人，也首先从改变自己开始，最起码是先改变自己对这个人的看法，然后，以自己的改变去创造一种氛围、一种影响力，从而潜移默化地去改变对方。

在一家超市里，父亲、母亲和年轻的儿子结完账出来时，父亲让儿子将使用过的购物车送回到原来的地方。儿子说，别人都随便放，又不多我们这一辆车。再说了，超市有专门管理购物车的人，根本不用我们亲自送回去。父亲说，我们为什么不做一件举手之劳利益别人的事呢。这时，儿子看到一对年迈的老夫妇一人推着一辆购物车，将它们送还到了原来的地方。儿子不再说什么，把他们使用过的购物车也默默地送回到原来的地方去了。

虽然我们不能改变大的社会环境，但我们至少能提供一个改变的机会，可以尽一己之力改变那些我们可以改变的事。或者说，我们想要让我们希望的事情发生改变，我们必先改变自己；我们若想让事情变得更好，我们也必先让自己变得更好。

我们改变一下自己的弱点，生活就会更加美好多姿；我们改变一下自己的想法，自信和坚强就会属于我们。世界因你改变，世界因你而精彩！改变能改变的，接受必须接受的，忘记应当忘记的，记住必须记住的！自己掌握自己，不也是一种快乐吗？

为自己抉择命运

摘编 / 博文

希腊有一位大学者,名叫苏格拉底。一天,他带领几个弟子来到一块麦地边,对弟子们说:"你们去麦地里摘一个最大的麦穗,只许进不许退。我在麦地的尽头等你们。"

在穿过麦地的过程中,学生们认真细致地挑选自己认为最好的麦穗。等大家来到麦地的另一端时,苏格拉底已经在那里等候他们了。他笑着问学生:"你们挑到自己最满意的麦穗了吗?"

一个学生说,"我刚走进麦地时,就发现了一个很大很好的麦穗,但我还想找一个更大更好的,就没有摘下它。当我走到麦地尽头时,才发现第一次看到的那个就是最大最好的。"

另一个学生说:"我和他恰好相反。我走进麦地不久,就摘下一个我认为最大最好的麦穗。后来我又发现了更好的。所以,我有点后悔。"

这时,其他学生不约而同地说:"老师,让我们再重新选择一次吧。"

苏格拉底笑了笑,语重心长地对学生们说:"这块麦地里肯定有一穗是最大的,但你们未必能碰见它;即使碰见了,也未必能做出准确的判断。因此最大的一穗就是你们刚刚摘下的。孩子们,这就是人生——人生就是一次无法重复的选择。"

人生就是选择,每个人的选择不同,便有了不同的人生。一种选择会是一种活法,一种选择会换回许多种体会。

美国最杰出的演讲家和激励大师丹尼斯·威特利说过："我们每个人都具备一种雕刻自己人生轮廓的能力。人的某些性格和环境确实是先天造就的，但每个人所走过的人生道路都不相同，即使是亲兄弟也如此。只有自己的抉择才是决定人生这场搏击胜负的关键筹码。"

翻译家朱生豪先生在人生低迷的时候选择了将翻译事业当作摆脱迷茫的一剂良药，他怀揣《莎士比亚戏剧》奔走在战火中，克服重重困难坚持完成了高质量的译文。他证明了自己，更向世界证明了中国。印象派大师莫奈在经济上捉襟见肘、举债度日的情况下，选择了坚持像鸟儿歌唱那样作画。他在爱的支持和鼓励下，不畏官方的抨击，选择了以最强有力的生命去为自己的艺术搏击，最后成就了他的绘画人生。还有，肯塔基州的穷小伙、美国历史上最伟大的总统——亚伯拉罕·林肯，选择了坚定不移地走自己的政治道路，领导人民在南北战争中取得了胜利。于是美国有了辉煌的今天，人类多了一位让人景仰的总统。

每个人的命运都是自己选择的结果。你选择积极上进，你就会拥有积极向上的人生；你选择不思进取，同样的，你就会拥有原地踏步或随波逐流的人生。

面对无法回头的人生，我们只能做三件事：郑重的选择，争取不留下遗憾；如果遗憾了，就理智地面对它，然后争取改变；假若也不能改变，就勇敢地接受，不要后悔，继续朝前走。

绝望是一种醒悟和升华

摘编 / 姚文

二战期间,德国纳粹入侵了扎巴克的故乡——一个贫穷的波兰南部小镇,肆意烧杀当地的犹太人。无数犹太人流离失所,到处都是瘦骨嶙峋的难民和因饥饿致死的尸体。

扎巴克是一位刚刚娶妻生子的犹太商人,为了年迈的母亲和心爱的妻儿,他不得不天天冒险外出经商。很不幸,扎巴克在一次回家的路上被纳粹士兵抓走了,被送进一个负责在丛林中修筑铁路的集中营。

来到这里后,扎巴克每时每刻都想尽早逃离。同室的伙伴们都嘲笑他的想法太天真:"来到这个地方的人,从来就没有能够活着出去的!"

丛林里到处都是硕大无比而且带着病菌的蚊虫,这些蚊虫成天肆虐地叮咬着每个难友。疾病、饥饿以及超负荷的劳动,使这些难友们一个接一个地死去。每当有人死去,纳粹士兵就会叫几位同囚室的人把尸体上的衣服脱下来,以便留着让别人继续穿,然后把尸体扔进丛林里一个专门用来堆尸体的深坑里。

那个深坑已经横七竖八地堆放了数百具尸体。对囚犯们来说,那里简直是一个象征着绝望与死亡的地狱!难友们告诉扎巴克,这个地方是他们唯一的归宿!

一天,扎巴克所在的囚室有两个人死了。德国士兵命令4个同囚室的人把那两具尸体抬上汽车,恰好扎巴克是抬尸者之一。纳粹士兵载着他们来到深坑旁边，让他们把那两具尸体扔进深坑里。"你看见了吗？这就是我们的最终结果！"一位曾经嘲笑过扎巴克的室友用无比悲哀和绝望的语气告诉他。

回到囚室后，躺在床上的扎巴克再次想到了家中的老母妻儿，他暗下决心自己无论如何一定要尽早地活着出去。但是出路在哪儿呢？扎巴克想到了那个堆尸体的深坑。忽然，他心中萌生了一个主意……

不久后的一天，他们来到了离深坑不远的地方干活，扎巴克趁着黄昏收工的时候，悄悄地爬进了堆尸体的深坑，然后脱光身上的衣服钻到尸体的下面，完全不顾刺鼻的恶臭和蚊虫的叮咬，一动不动地装死。那些来寻找他的纳粹士兵在附近找了好久，却始终没有找到这里。到了深夜，扎巴克确信无人后才从深坑里爬出来，穿上衣服一口气跑了70千米，终于回到家中！

而那座集中营，不久就遭到疫病的侵袭，所有的士兵和囚犯都在几天内相继死去，只有扎巴克因为成功地逃离而幸免于难。他成了这座集中营唯一的幸存者！

后来，扎巴克这样告诉人们："世上没有绝对的绝望，有时候，绝境本身就蕴含着生机，关键在于你自己是否选择了积极的态度！"

生活的变幻和不确定性，以及人们总是想向更高的目标发展，决定了人要遭受绝望的眷顾。其实，绝望与绝境就像一对共患难的兄弟，在某种程度上，二者也可以说是相辅相成。当人感到绝望时，他一定处于绝境；当人处于绝境之中，那他就很可能会感到绝望。

大作家巴尔扎克说："绝境，是天才的进身之阶、信徒的洗礼之水、能人的无价之宝、弱者的无底之渊。"

事实上，绝境仅仅是一个门槛，或者说是人生的转折点。很多成功的人不是赢在起点上，而是赢在转折点上。人们从顺境中获得的教益肯定没有从磨难中获得的教益多，也肯定没有从磨难中获得的教益深。

在顺境中，我们能收获的仅仅是代表财富的东西，然而大部分时间里，我们是在不断地丧失，丧失着生命中原始的豪迈与激情。顺境是一种腐蚀剂和麻醉剂，让我们完成从呼啸山林的兽中之王到懒猫的蜕变，让我们经历从将军到奴隶的转化。

一个人面对困境时，如果能正确视之，冲出黑暗，那么这个人就一定会突破骨髓与血液中的樊篱，超越俗人的常规，书写连他自己都不曾想过的神话。

正所谓"阳光总在风雨后"，我们都应该相信风雨过后会有彩虹，我们更应相信"绝处逢生"这个词语不是凭空产生的。任何事物都有其存在的理由，绝境也往往是对现实生活的考验。我们应该感谢绝境，是它让我们更好地提高自己，发展自己，超越自我。

绝境会使人对现实理解得更为深刻、透彻。绝境会让人释放自己本身所隐藏的巨大潜能。多一次绝境，就多一份经验；多一份经验，就多一次机遇。在绝望中寻找希望，人生终将辉煌。

亲情树

舌尖上的老爸

文 / 薄睿宁

我老爸中等个儿,体型偏胖,我称他为"三吃学家":爱吃,会吃,能吃也。自然,老爸只要在家,就常常客串"大厨"的角色,在"战场"——厨房里全副武装,挥汗如雨:头戴厨师帽,腰系白围裙,左手持着铲子,右手掂着炒勺。不一会儿,香喷喷的美味便从厨房里飞了出来。顿时,不论正在做什么的我,立即什么也做不下去了。啊哈,肚子里的馋虫被勾出来了!我蹑手蹑脚,满脸堆笑,馋兮兮地飘到老爸身边,探头探脑道:"啊哈,老爸辛苦了!真好闻啊!"

言归正传,俗话说"创新是做菜之父"(没听说过吧?此乃老爸的"俗话"),老爸深得做菜之法——创新。虽然他也经常跟着网上、电视学习,但总会做一些小小的改良。

先说老爸的"拿手好菜"——面条。嗨,这有什么了不得的啊?别急,我家的面,不是买的,是老爸正宗的手擀面。老爸先往盆里倒上面粉,继而加上水,打上鸡蛋,用筷子搅拌均匀,然后是揉啊揉啊揉啊……直到面团变得松软,散发着淡淡的麦香才罢休。

接着,我家的"面条机"就派上了用场,老爸把面团拆开,拍成几个较小的面饼,搭在"面条机"上。我则左手按住面饼,右手不停地转着"面条机"的摇把,在"咯吱咯吱"声中,面条便大功告成了!

有了这神奇的面条,什么好吃的面,比如打卤面,他都能做出。且看老爸的"打卤面"的卤子也有好多种，比如他把豆角、肉、豆腐和土豆细细地切成小块，再放上些叫不出名的秘制酱料，一股脑地倒进锅中，细细地熬煮起来。他也常把西红柿、黄瓜、肉丁等熬煮。等到卤子的香味散发出来，再过一会儿，"卤"便可以出锅了。老爸把做好的卤子，浇在刚刚出锅的面条上，那味道，与餐馆名厨的高超技艺简直不相上下。吃一口，真是别提有多香了！

老爸可不是只会做打卤面，他做的"凉面"也很开胃，而且简单易学好做。只要把黄瓜、鸡蛋、火腿及胡萝卜细细切成小丝，在盘中码好，把蒜捣成蒜泥，调和芝麻汁，浇在煮熟后又用凉开水拔好的面条上即可。对了，面一定要在风扇下多吹一会儿，这才是地道的"凉面"呢！

至于风味独特的"焖面"，更是值得一提。首先，要把面条煮好，这次用的面可是宽面条。在锅中准备豆角和肉丝，细细地烧熟。接着把面条放进锅中，与豆角和肉丝继续焖一会儿，这才大功告成。嘿，老爸不仅仅是做面的高手，更是做菜的高手，他还尝试过一道名菜——老爸称为"鸡肉卷"，又名为"寿司"。老爸挑选了一块新鲜的鸡脯肉，用刀剁成泥，再把长长的豆腐皮蒸熟，垫上紫菜，铺上鸡脯肉，放在锅里蒸熟，再用刀切成一个个小块便可。除了这些，老爸还擅长什么"干炸里脊""冬瓜排骨"等著名的家常菜，味道可与饭店媲美，哈哈。

怎么样，你是不是也开始口水横流起来？

而饭桌上，老爸夹起一筷子鸡肉，举在空中，看个一二分钟，然后长叹一声，就开始忆苦思甜：宁宁啊，老爸小时候家里穷啊，吃不起好的，只能吃窝头、玉米和地瓜。记忆最深的是那次家里盖屋，炒了几个小菜，炒花菜、炒芹菜，这些如今最最常见的家常菜，在那时看来，是天下最美的美食。我就站在墙角，眼巴巴地瞅着。

"窝头？玉米？地瓜？那不是好东西吗？"我舔舔舌头，"现在不是都爱吃粗粮吗?"老爸白了我一眼:"此一时彼一时了,你以为天天吃,你不烦啊?所以现在我对窝头、玉米和地瓜深恶痛绝。"

我吐吐舌头,表示不能理解。但每当我和老妈煮玉米、蒸地瓜吃时,老爸真的是一闻不闻,一看不看,更是不会吃上一口。唉,看来,这就是吃伤了,吃腻了吧!

老爸还常告诉我他的"包饺子经历":"我那时候,吃不起肉啊。面也很少,但我11岁的时候就会包饺子了!我用野菜当馅儿,玉米面撒上点白面当皮,自己整整包了一下午,这才包好了全家人吃的饺子。"

我嘿嘿一笑:"哈哈,老爸,怪不得你包的饺子那么好吃呢,原来你从小就开始练啊!"老爸点点头,继续开讲:"我们上学那会儿,最流行吃方便面。别看现在网上到处说方便面不健康,但那可是我们的美味佳肴。我读大学时,只有家境好的同学才能常吃到方便面。往往刚下晚自习,一回到宿舍,就有同学泡好了方便面当夜宵。而一个人泡面,全宿舍都飘着一股子浓浓的、方便面特有的香味。男同学们都放得开,身边有一个人吃面,大家就你一筷子、他一筷子地抢。没有抢到的舍友,则大声招呼着,给我留口汤啊!最后,连汤带渣滓,是一点不留啊!"

听老爸讲自己和舍友吃方便面的故事,我咂舌不已,简直是天方夜谭啊!在感叹贫穷的同时,也感叹同学间毫无芥蒂的、真挚的友情。

"唉!还是现在好啊!"老爸长叹一声,又到厨房里忙活开来。

老爸平时最爱的话题,常与"吃"联系在一起。不是这个小时候吃不到,就是那个小时候吃腻了。作为老爸的"忠实"粉丝,我听得耳朵都起茧了。不得已,我只好这个耳朵进,那个耳朵出,或者把它们都倒给大家,图个轻松。哈哈,谢谢大家!你了解我的"舌尖上的老爸"了吧?

照片背后的故事

文 / 唐宇佳

在我的相册里,有许多照片,每一张照片都是一个美好的回忆。

瞧,这张照片是去年 8 月我和弟弟在贵州照的。说实话,以前我可不喜欢弟弟了,因为弟弟出生后,他就抢走了我的爸爸、妈妈。

那天,阳光灿烂,爸爸、妈妈带我们来到贵州娄山关森林公园避暑。我和弟弟走在前面,弟弟走不动了,要我抱他走。我心里有气,顺手一推,这下糟了,弟弟摔倒在地啦。我想,弟弟一哭就会引来爸爸、妈妈对我的数落。

没想到,弟弟飞快地从地上爬起,过来拉着我的手说:"姐姐,注意安全,别摔倒了。"弟弟摔倒了,还在关心着我呢。我为自己的小心眼感到惭愧。

当爸爸赶上我们,我主动跟爸爸说:"给我和弟弟照一张相吧。"随着"咔嚓"一声,就留下了这张珍贵的照片。弟弟坐在我的后面,笑眯眯的,好像在说:"我多开心呀!"

每当看到这张照片,我的心里就暖暖的。我爱我的弟弟!

我家的石头剪子布

文 / 谭珺天

小朋友们，看了这个题目，你们会不会觉得我要写石头、剪子、布的游戏呢？那你们就大错特错了，因为我要写的是我们家的石头天天、剪子妈妈和我的布爸爸。

先说石头天天吧。我可是我们家鼎鼎有名的石头脑袋。在写作业的时候，当我遇到了难题，可不会轻易放弃哦！一定要做出来我才罢休。我和妈妈争论的时候，我总会坚持自己的观点，这时妈妈总会无可奈何地指着我的脑袋说："唉，你真是个固执的石头脑袋啊！"

接下来说说剪子妈妈吧。我的妈妈是个粗中有细的人。夏天的时候，妈妈很喜欢吃西瓜，家里的西瓜大部分都是被她吃掉的，但是妈妈给我留的总是最大的、无籽的西瓜。不过，妈妈的性格也有点像剪子一样具有"杀伤破坏性"。一天我做了个手工放在桌子上，等我半夜起来上厕所的时候，发现我那可怜的手工已经躺在厕所的垃圾桶里了。我有一个坏习惯，就是喜欢咬手指甲。每当我咬指甲的时候，妈妈就会毫不留情地在我的指甲上贴上创可贴，时刻提醒我改掉坏毛病。瞧，剪子妈妈就是这样，既具有破坏性，也能修剪我的不足，真是个锋利无敌的剪刀手啊！

最后说说我的布爸爸吧。每当剪子妈妈和石头天天发生冲突的时候，布爸爸就会耐心地给我们讲道理："尺有所短、寸有所长，你们要取长补短、相得益彰。"当我做错题的时候，妈妈就会在一旁抓狂生气，而爸爸总是耐心地帮我分析原因，找到解题的思路。瞧，布爸爸就是这么会包容别人，一边让剪子妈妈哭笑不得，一边又让石头天天心服口服。

在我的家里，剪子怕石头，石头怕布，布又怕剪子，环环相扣，相互制约，是不是很有趣呢？小朋友们，你们家有石头、剪子、布吗？

秋 天

文 / 杨睿泠

秋风，萧瑟，寒凉，我走在满是落叶的小路上，看着一抹晚霞，对父母的思念油然而生。泪儿落下，轻轻打在落叶上，清脆的声音打破了周围的沉寂，我拖着沉重的步伐，来到长木椅边，坐下，不时向身边看看，再叹口气，秋天总是那样沉重，让我感到凄凉。

这些日子，我常常很晚才睡，在无比安静的情绪下倾听泪水的声音，我在床上躺着，看窗外的月亮一点点移动，我看着台历，轻轻地抚摸那已经泛黄的纸张。这一切都来得太快了，我还没有做好应对的心理准备。我变了，曾经那个爱笑、乐观的我，不见了。如今只有一个面带愁容、悲观的我了。

姐姐来看我的那个中午，我在被窝里泪如雨下，我不知道自己该怎么做，我只能哭。也许只有哭才是唯一的宣泄，我感觉不到开心的滋味，笑的滋味，整个下午我都沉浸在悲伤之中，连姐姐鼓励我的话也不能使我开心。看看没有叶子的树，我觉得那就是自己，思绪落了，只剩下赤裸裸的思念。

妈妈来的那个晚上，我几乎一宿未眠，呆呆地躺在床上流泪，思维早已停滞，我不知道我当时在想什么，泪水打湿了床单，我的精神快坍塌了，我不知道为什么本该开心的事情却让我高兴不起来，我一整天都十分难受，想哭却哭不出来。见到妈妈时，我也只是勉强笑一笑。中午吃饭时，我向妈妈诉说了这一切，哭得更凶了，更难受了，我多么希望妈妈不走啊！希望妈妈能让我振作起来。

妈妈您别担心我，我会开心的，我会走向美丽的春天！

验 血

文 / 如风

十二岁那年,我去医院验血,一个人。

"小姑娘,干啥验血?"

"想知道血型。"我怯怯地回答,对医院有种本能的恐惧感。

"喔。抽血有点疼,怕不怕?"

"怕。"

"那还验?"

"验!"我天生骨子里有一种倔强,想做什么事情,不达目的不罢休。

医生一边用药棉揉我的耳朵,一边问:"几岁了?"

"十二岁。大夫!"

"噢。"

"呆会儿,你抽完了血,别让我看见。"

"为啥?"

"我怕血,晕血,天生就怕。"

医生停住了手,口气有点严厉,"那就别验了。"

"不,不,我一定要知道血型。我带钱了。我宁可课间餐不吃,也要验血。"

医生笑了,用针扎了我的耳朵。

"哎哟!"

"别怕,很快的,乖乖的。"医生迅速拿走了。

等了很久,医生走过来,给我一张单子:"你注定是个活泼开朗的女

孩。B型。"

"谢谢大夫。"

吃饭时,我有一搭没一搭地:"爸,你什么血型啊。"

"不知道,没验过。"

"你去验呗。"

"好好的,去验那玩意干嘛。我没空。"

"那你把血给我,我去给你验。"

爸爸笑了,"你今天又作什么妖,血拿到医院不干了?"

"求求你,去验血呗。"

"胡闹!吃饭。"爸瞪起眼睛,我忙低头吃饭。我怕爸瞪眼睛,他瞪眼睛的后果很严重。上一次,他瞪完眼睛,又说了很多气话,扬手就打了妈一个耳光,吓得我三天没敢看他的脸。

爸倒是很少打我,但他老说我淘气,像个破小子,老说我若不是个妮子,一定打死我。

吃完饭,爸看了会儿电视,就睡了。爸睡得很早,因为做个体生意很辛苦,起早贪黑的。我装作睡着的样子,等爸和妈都睡熟了,我起来找了根针,又拽了点做被子的棉花,在棉花上倒了点泡人参的红高粱酒,先擦了擦针尖,然后蹑手蹑脚地走到炕梢儿,学着医生的样子先用棉花在爸的耳朵上擦了擦,撵了撵,然后拿着针打算往爸耳朵上扎。但真扎时,我又害怕了,犹豫很久也不敢扎。过了一会儿,我又想起了什么,然后又去找了一个小瓶子,心想,若扎出了血,就让血滴到瓶子里,盖上盖子血就不会干了。

这一切都准备好后,我哆嗦着用针尖碰了碰爸的耳垂儿,还是不敢扎。过了一会儿,我又转念想,这一针扎下去应该不疼,我都能忍受得了，爸也一定能。这么想时，我便一针扎下去。爸一个机灵睁开血红的眼睛。"啊"我吓得坐在地上。"死妮子，你哪根筋紧了？皮痒痒了？"

"呜呜呜……"我恐惧得哭起来。

妈也醒了，"妮，你这是干嘛？"

我用手揉着眼睛，边大喘着气，边哭："你们打架时不是说我不是你们亲生的吗？我今天去验血了，我想让爸也验。"

听到我的话，妈落下泪来，起身，下炕，抱起我。爸的眼睛变得更加的红，"快睡觉去！再胡闹，当心我揍你。"

妈拍着我，为我擦了擦眼泪，盖上被子。想说什么，但却又什么也没说。只是一个劲地摇头，还冲我勉强地笑着。

第二天晚饭，爸对我说："你昨天验血的单子呢。"

听了这话，我像被判了死刑一样，我有个感觉，就是爸去验血了。我心里恐惧极了，心想，爸的血型万一和我的血型不一样呢，万一……我就离家出走，就得离开他们……我也不知道自己能去哪儿，总之，反正得离开他们。

我颤抖着递上单子，爸瞄了一眼。然后一把抱起我："我也是B型。"

"真的？！"恐惧被狂喜打败了，终于不用离家出走了。我高兴极了，整整开心了一个星期。

二十年后，爸有一次重病，要做手术，需要输血。我对医生说，我和爸的血型一样，可以抽我身上的血。爸听到后，用微弱的声音叫住我："妮，先让大夫验血。"

我回过头，惊奇但尽量温和地说："爸，您不是验过了吗？B型。"

爸虚弱地说："爸骗你了……爸没验血……"

我哭了，一个三十多岁的女人在父亲面前流泪了。

祖父想念我们了

文 / 陈吉

那是一个寒风凛冽的早晨，我捧着一本小说读得正尽兴，妈妈的叫喊声从窗外传了进来。我妈对我说祖父催促着我去看望他，让我马上就动身。我望着窗外被寒风吹得东倒西歪的树，长叹一口气，十分不舍地离开了屋子，忍受着严寒乘着摩托车从乡间到城市。

当我踏进大院时，一眼就见到了攥着大扫把、一瘸一拐地移动脚步扫地的祖父。正在扫地的祖父见到我，急忙把扫把扔在墙边，满脸笑容地向我走来。他拉着我的手走进了房间。他的房间拥挤逼仄，堆满了箱柜和什物，勉强可以塞进三个人。他的生活一直这样清苦，尽管我们多次要求他和我们住在一起，可是他总是说："爷爷还不老，能自己照顾自己，不给你们添麻烦！"祖父就是这样一个人。可是祖父啊，我们是您的亲人，您需要我们照顾，就像小时候您照顾我和哥哥一样。

祖父让我坐在他的床上，然后他就蹒跚着出门给我接了杯开水。我嘴唇刚与水杯碰触，就听见祖父叹息的声音："唉，你们好不容易放假了，我很想你和你哥，过段时间你们又要去上学，不知要过多久才能相见。"我的心突然有一阵酸涩的感觉，祖父总是在思念着我们。可我们呢，除非祖父打电话叫我们来看他，否则就是和自己的伙伴三五成群地游玩去了。可祖父也不是经常打电话给我们，怕也是担心给我们添麻烦吧？我强作微笑："爷爷，以后我和我哥放假了就来看你。"

今天的祖父神情有些落寞："唉，以后，以后不知是个什么时候？我都这把老骨头了。"我揣摩了好一会儿，才感觉到这句话的沉重和无奈。行将古稀的祖父，他的生命已经到了争分夺秒的阶段，死亡随时都会降临，因此他怕不能再见到孙儿了。这让我难过万分。

祖父沉默了一会儿，挂心地问道："哎……你哥哥今天怎么没和你来？"我十分慌乱地望着祖父，语无伦次地回答："我哥，我哥，打假期工去了，以后他会来看你的，我也还会来看你的。"其实，哥哥是约了几个同学去河边捞鱼了。祖父说："那你有你哥的号码吗？让我用你的手机和你哥说说话。我好长时间没有见到你哥了。"

我将电话拨通，递给祖父，祖父对着手机说："喂，虎……最近还好吗？"虎是我哥的小名，祖父叫这个名字时显得极其亲热。不知我哥在电话里说了什么，祖父的眼神释放的信息渐渐变为难过，他说："我很好，你不要担心，爷就是想你了……"然后潸然泪下，将手机递给了我，呜咽着："我一听到亲人声音就受不了，你和你哥说吧……"这是我第一次见祖父流泪，何况是念孙而泣，我的心就像被针扎一样。我默默地发誓，以后要多陪陪他。

终于要到走的时候了，祖父一瘸一拐地为我送行，将我送到门外时，我望着他不灵便的腿脚，心疼地说："爷爷，快回吧。"祖父一直站在石墩前。等我走了很远，再回头望时，祖父还在那里，像一尊石像。我愧疚、难过不已。年迈的祖父在生命最后的阶段，更需要亲人不离不弃的陪伴。

（本文原载《语文周报·七年级读写版》2013年9月9日）

鬼马狂想曲

白蝴蝶的秋天

文 / 姚禹同

你曾经是一只美丽的白蝴蝶，可现在不然；你将要化作一捧春泥，可那时候还没到。你的生命就在这生与死之间徘徊。

这样的深秋季节，你在产完卵后就明白：你老了。要不了多久，就会像一片失去生命的树叶，回归大地母亲……你不敢再想了。

"我绝不能在飞到森林前倒下，"你说，"要是倒在马路上，一辆辆汽车的轮子会把我轧成肉泥；要是被哪个顽皮的孩子捡到，那就更惨，可能会把我'五马分尸'，可能把我扔到路边的狗屎上，还有可能……"你痛苦地眯起了眼。

你也看到过。记得小的时候，和好朋友茜茜出去玩，落到一朵茉莉花上歇脚、喝花蜜，一张大网向你们罩来。你灵巧地躲开了。而可怜的茜茜还没弄明白是怎么一回事，就被那张可恶的大网罩住了。几个孩子疯狂地把她的翅膀拔下来，把她扔在了地上，接着，飞来一只芦花大公鸡，把她一口给吃了。那一刻，你根本没有能力救它。

你暗自庆幸，在产卵前找到了一个环境相当不错的自然公园。你决定，去找一个树林隐蔽起来，好好享受最后几天。

你是幸运的，在苦苦找寻后，你遇到了一片枫树林，树林里还有许多富有花蜜的野花，你因此顺利地产下了卵，完成了你的蝶族使命；但你也是不幸的，因为枫树林中，有几个小孩在采集昆虫标本。

已经下午两点半了,太阳暖融融的,暖和得让人想睡觉。你飞到一片红红的枫叶上,准备打个盹儿。微风拂过,吹得枫叶轻轻地摇晃,就像一张鲜红的摇篮。你心满意足地躺下,准备打盹儿。"瞧,好漂亮的蝴蝶!"一个稚嫩的声音传来。你想躲开,可是你的动作不像年轻时那样敏捷了。你明白已经迟了。一张大网罩了过来,你既没能躲闪,也没有挣扎,只是呆呆地凝视着湛蓝湛蓝的天空。

你被带到一间陌生的小屋里,几颗图钉把你固定在一张白纸上。你动都没有动,只是默默地忍受着。忍受中,你被制作成了一件标本。

第二天上生物课,你与其他几件标本被一起挂到了黑板上。第一件是一个卵,然后是一只毛毛虫,再是茧,最后是你。"这就是一只蝴蝶的生长过程。"随着老师教鞭的指指点点,五(D)班几十双明澈的眼睛一齐把目光定格在你身上……

(本文原载《江南都市报》,2010年5月5日)

小红马和小骆驼

文 / 高涵玥

一个宁静的下午,小骆驼在小溪边照"镜子",小红马走过来,喷着响鼻,对小骆驼说:"你的脚掌又大又厚,眼皮上长着两层睫毛,背上还有两个凸起的肉疙瘩,多难看呀!"小红马边说边冲小骆驼做了个鬼脸儿。

小骆驼没有生气,头一抬,自豪地说:"你呀,真无知!我们的脚掌、睫毛和肉疙瘩用处可大了。不信,我带你去沙漠走一趟吧!"

"呸,你吹牛!这么难看的东西,能有多大用处?去就去,我倒要去瞧瞧,这些难看的东西究竟有多大用处!"

就这样,小骆驼和小红马一起走进了茫茫的沙漠。

刚走进沙漠没多远,小红马"哎哟,不好——"叫起来,它的脚陷进沙子里了,怎么拔也拔不出来。"帮帮我!快把我拉上来。"小红马急切地对小骆驼说。

小骆驼费了很大的劲,才把小红马拽上来。然后,小骆驼指着自己的脚掌说:"多亏我的脚掌又大又厚,要不然,我也会像你一样陷进沙子里拔不出来的。"

听了这话,小红马微微红了一下脸。它们又接着往前走。不一会儿,"咕咕咕",小红马的肚子唱起了"空城计"。它扭头看看身边昂首挺胸的小骆驼,气馁地对小骆驼说:"我想回家。"

小骆驼看了一眼没精打采的小红马说:"你是饿了吧?"

"嗯。"

小骆驼说:"你知道我为什么不会饿吗?因为我背上有两个贮存养料的驼峰,里面贮存的养料足够我走很长的路而不用担心肚子饿。你现在知道我身上的'肉疙瘩'用处有多大了吧。"

说话间,一阵风沙铺天盖地地刮过来。小骆驼忙拉着小红马俯下身子,闭上眼睛。风沙过后,吹进小红马眼睛里的沙子让它难受得几乎睁不开眼,呛进嘴和鼻子里的沙子更是让它难受得几乎不能呼吸。它扭头看了看小骆驼,发现小骆驼的鼻子、嘴巴和眼睛里没进一点沙子。

小红马羞愧地低下了头,终于明白不应该嘲笑小骆驼。

跟 风

文 / 黄韦达

跟风村什么都不缺，就是缺风。跟风村的人都信仰风神，他们认为风是神惠顾他们的信号，只有跟着风走，才能找到神的恩惠。作为跟风村的村民，小亮也不例外。

和往常一样，今天小亮起床后又坐在窗边发呆，什么事也不做，只为了等待着风的来临。他已经连续这样两年了，却始终没能如愿以偿。正当他惆怅失意时，耳边突然传来一阵"嗖嗖"的呼啸声，虚掩的窗户被一双无形的手猛然推开。

"起风了！"这是他大脑里的第一反应。来不及多想，他就冲出门外。猛一出来，小亮只觉眼前一片昏花：地上的沙石和枯叶被风卷起，随着风在空中肆意狂舞，天地间仿佛蒙了一层灰蒙蒙的雾，一大群村民在这"雾"中飞奔。小亮挺着肥硕的肚子挤进了人群中，不一会儿他就感到气喘吁吁挥汗如雨。

小亮跟着这阵风来到了科学村。一进村，就看见一大群人正围在一个巨大的屏幕前津津有味地谈论着什么。拥上去，才知道是一个名叫乔布斯的人正在发布一款叫做 iPhone 的新手机。这款手机运用了突破性的智能系统和多点触控的大屏。

小亮眼前一亮，"做手机！这一定是神的启示，一定能成功！"于是，和跟风村的其他村民一样，回到家后，小亮就紧锣密鼓地开始生产手机。可是，和iPhone的大卖不同，小亮生产的手机上市后，由于既无创新技术，又面临众多竞争者，几乎无人问津。小亮失望地长叹了一口气，手机变成了"棘手"。就在这时，又一阵大风吹起，跟风村村民又发疯般地一齐追了上去。

跟着这阵风，小亮又来到了文学村。前不久，这里有个名叫郭敬明的人由于写了《幻城》而一夜成名，随后《悲伤逆流成河》、《小时代》等青春小说纷纷问世，迷倒了一批少男少女。小亮再次头脑一热，"青春小说这么火，看来写作才是我的出路！"没过多久，文学村的市场上就出现了一堆跟风村村民写的青春小说。可令他们始料未及的是，由于市场上这类型的小说早已泛滥成灾，且大同小异缺乏内涵，文学村的人早已对此感到疲倦甚至为之呕，转而将注意力投向更有社会意义的科幻小说上。见自己辛辛苦苦堆砌出来的小说遭受冷落，小亮心里实在不是滋味，只好一个人坐在路边自我"欣赏"，没想到自己"创作"出来的东西竟然连自己都看不下去了。霎时间，又一阵狂风吹来，将他的书页吹得沙沙作响。小亮坚定信仰，心中燃起最后一丝希望，跟着这阵风又狂奔起来……

这阵风把小亮带到大海边，由于没有思想准备，狂奔着的小亮没来得及刹住脚，整个人就掉进了海里。不习水性的小亮在海中拼命挣扎，眼看着身子一点点往下沉，这时他这才恍然大悟，那些成功人士之所以能成功，是因为他们有独立人格和创新思维，而一昧跟风的人最终全都没有好下场。

"都是跟风惹得祸啊！"小亮被水呛得连咳了好几声，勉强用最后一丝力气把这句话吼了出来，随后便沉入幽深的大海里。

天庭运动会

文 / 薄睿宁

"呼噜，呼噜！"一阵震耳欲聋的呼噜声从猪八戒的鼻孔里传来，而猪八戒正赤裸着胸脯，梦会周公呢！

"哈欠！"猪八戒翻了个身，他的鼻孔被一个不知名的东西挠得痒痒。"你这瘟猴，就别捉弄俺老猪了！"猪八戒一个激灵，坐起身来，朝着面前的空气大喊。可是，他的面前除了空气，就是空气。不对，还有一封小小的信。

猪八戒的困意被打消得一干二净，他心里偷偷打起了小算盘：莫非是天宫里要开满汉全席，邀请我？莫非是师父的生日宴会，等着我？他再也等不及了，立刻大声诵读起来：

亲爱的各路神仙：

第一届天庭运动会预备在明日举办，路线是从南天门绕一个圈跑到北天门，届时请各路神仙准时参加，不要迟到。迟到扣年终奖金！！！

猪八戒鼻子一哼哼，接着挠挠脑袋，说道："这不是故意折磨俺老猪吗？明明知道俺不会跑！"

八戒接着往下看，只见信的后面还有一行小字：为了区别于凡间的不像运动会的运动会，这第一届"天庭运动会"上，大家可以八仙过海各显神通，能驾云的可以驾云，能用法术的也可以用法术，当然，也可以请外援。第一名有丰厚奖励。

"啊哈！这样俺老猪就胜券在握了！"猪八戒肥肥胖胖的脸上荡漾起笑容，"嘿嘿。"他立刻驾着那朵超大的云，朝着远方飞去了。

而其他的神仙呢，也都收到了同样的信，也都跃跃欲试，摩拳擦掌。

第二天一早，各路神仙便早早地来到了南天门等候。不久，大门大开，等大家排好队后，大腹便便的如来佛祖打了一个呼哨，权当发枪令，眼疾手快的孙悟空第一个驾着筋斗云冲了出去，他只要翻一个筋斗就能到南天门，但是事与愿违——孙悟空刚刚开始翻筋斗的时候，一个人，不不不，一个猪上来恶狠狠地打了他一耙。孙悟空又气又恼——自己不备，竟然挨了猪八戒一耙子。等他缓过神来，猪八戒已经驾云北去了。孙悟空身后只有几个老得不能再老的老神仙慢慢悠悠地拄着拐杖在走。

"俺老孙去也！"孙悟空大喝一声，变作一只大鹏，朝着北天门飞去。孙悟空边飞边看见各路神仙边跑边打，有的分身，有的遁地，有的还找了帮手，等等等等。孙悟空嘿嘿一笑，在云端大喊："第一是俺老孙的了！"正在众神仙愕然之际，孙悟空马上就要落到北天门上了！

"咣当！"只听一阵震耳欲聋的声音传来，孙悟空忽然没了踪影，跟着两座大山一起陷落下去。孙悟空大骂起来，这可是他第二次被山压住了。（哈哈，我们知道的，孙悟空第一次在山下被压了五百年。）

"猴哥！你就好好地在下面待着吧！"猪八戒笑得前仰后合，原来他说通了裁判如来佛祖，在孙悟空不注意的时候给他"两座山"。少了孙悟空这个强有力的竞争对手，各路神仙都感觉轻松多了。

"嘿！哮天犬，咱们冲啊！"二郎神一边提着三尖两刃刀，一边拽着哮天犬向北天门飞奔。只见一阵旋风袭来，各路神仙纷纷躲避——也不敢不躲。就在二郎神要撞到北天门柱子——旁边的红横幅的时候，哮天犬却突然死死地咬住了二郎神的衣襟，不让他动弹。

"你干什么？得狂犬病了啊？"二郎神大感不解。太白金星有些得意："二郎星官，得罪了。我可给哮天犬买了10年的狗粮才说服它的！"二郎神悻悻地看着哮天犬，心里是又气又急。

接着，哪吒和托塔李天王又大打出手，唐僧与沙僧混战一团，玉帝跟王母不可开交。反正是北天门前乱成一团。而猪八戒则嘿嘿地笑着，慢悠悠地一溜小跑着朝着北天门冲去。

"啊哈哈，这次的冠军是俺老猪的了！"猪八戒摩挲着厚厚的猪蹄——三步并作两步地朝着北天门进发。就在这紧要时刻，如来佛祖念了一个定身咒，猪八戒就不能动了，只剩下两只贼亮的猪眼还在打量着如来佛祖，仿佛要喷出火来。如来佛祖嘿嘿一笑，意味深长地说道："八戒，给我送东西的不仅仅只有你啊！"

猪八戒恍然大悟，有些懊悔地垂下了头。如来佛祖则大摇大摆地往北天门走去，他神秘兮兮地从口袋里掏出一张"参赛券"，原来他既是裁判，也是选手！

"我赢了！"如来佛祖欢呼起来。

"你的成绩无效！"玉帝正色道。他走到如来佛祖身边，一把揪过"参赛券"，原来是一撮猴毛——"孙悟空昨天就把你的参赛券给换了！"

我的太空之旅

文 / 米小雅

（一）

夜晚，我一个人正躺在房屋外面的椅子上赏月，突然，一阵风吹来，我顿时晕了过去，感觉自己好像被一个身穿绿色衣服的仙女给抓在手里，一起飞向我向往无比的太空。

等我醒来之后，发现自己已经在太空了。飘浮在太空中，我高兴极了。一眼望去，哇！太空真是太美丽了，百花齐放，万紫千红。那大红的鸡冠花，在凉爽的微风中展示自己独特的艳丽，摇摆着那顶美丽的大帽子，好像要和大公鸡比一比，看谁的冠子更美丽。再看那朵粉色的月季，悄悄地低着头，好像见了人害羞了似的，一动也不动。还有它旁边那一朵朵含苞欲放的花蕾，正使劲地抬起自己的"脑袋"，好像也想赶快开放，想看看这美丽的世界似的……

我被太空里的美丽景色迷住了，尽情在百花中游弋，欣赏花儿的美丽，直到仙女叫了我老半天，我才回过神儿来。

绿衣仙女对我说："我带你参观参观我们的太空吧！"我高兴地说："好的，我喜欢。"于是，我便和她进入了我眼中的"人间仙境"：婀娜多姿的柳树，粼粼波光的湖面，绿茵茵的草地……这儿的确是个宁静、秀美的地方！这里远离地球的喧嚣和污染，任何人在这里都能感受到舒适、清闲和宁静!

我正沉醉在这美丽的景色中的时候,仙女却对我说:"时间差不多了,我该送你回去了,要不然你妈妈会担心你的。"我不得不离开这个美丽的地方。

临走时,仙女对我说:"你我有缘会再见的。"

回到家后,妈妈问我刚才去哪里了,她找了好长时间也没有找到我。我没有告诉妈妈我去了哪里,因为那是我和仙女的一个秘密,这个秘密将成为我心中一段美好的回忆。

(二)

自从上次太空之旅后,我对太空的美丽景色一直念念不忘,希望幸运女神再一次降临在我的头上,让我再一次遨游太空,去欣赏太空的美丽。

机会终于来了。一天中午我正躺在床上睡午觉。忽然,那个穿绿色衣服的仙女出现了,她再一次邀请我到太空做客。

迷迷糊糊中,我又来到了太空。我一眼望去,咦,那些美丽的花儿呢?为什么取而代之的是一片沙漠?走进上次我眼中的"人间仙境":以前的柳树,现在已是枯木;清澈见底的小河,现在浑浊不清……

我再也高兴不起来了,既伤心又疑惑地问仙女:"我以前来的时候不是很美丽吗?可现在怎么成了这个样子,这是怎么回事呀?"仙女伤心地回答道:"因为地球环境实在太差了,以至于连累到太空,地球工厂排放的污气使太空中的花儿喘不过气来,使花儿窒息死亡;地球人乱扔的垃圾,让太空中的柳树不能呼吸,让小河的水变得浑浊……"

听了仙女的这些话,我愧疚极了,心想:"平时,我也喜欢乱扔垃圾,导致这里的一切变得这样不堪入目,也有我的一份'功劳'!"我愧疚地对仙女说："仙女姐姐，请不要伤心，我一定尽我最大的努力让太空恢复到原来的样子。"仙女姐姐感激地看了看我，说："小朋友，谢谢你，让我们一起努力吧！"我感动地点了点头。接下来，我又参观了其他的一些地方，和这里一样，也都被地球给污染了，成了一个个脏、乱、差的地方。过了一会儿，仙女姐姐又把我送回了地球。

（三）

第二天早上醒来后，我决定实施我的恢复太空计划。可是整个太空这么大，光我一个人怎么能行呢？于是我就动员我们学校的全体同学和我一起行动，来保护地球，保护太空的环境卫生。为了教育和提醒人类不要乱扔垃圾，我们先在学校周边种植了一批草坪，还在各个绿色的草坪上插了一块木牌，上面写着："小草青青，请别伤害它。"

几个月过去了，地球环境有了明显的改善，绿色也明显增多了，空气也清新多了。

一天中午，仙女姐姐又来请我到太空去做客，我见她再也不像上次那样愁眉满面，便兴高采烈地和她一起去了太空。

哇！太空已经恢复成原来的样子了，不，应该说比原来更美丽。小河更清澈了，小草、柳树都恢复了生机。仙女姐姐说："多亏了你和你的同学，太空才变得这样的美丽！"我点了点头，说道："是呀，只要人人献出一点爱，太空将会变得更美好！"

50年后的衣服

文 / 田文宇

50年以后,什么东西都会变好,服装也不例外。

我想,50年以后的衣服一定很美。人们可以根据自己的爱好随心所欲地改变服装的颜色、大小以及款式,夏淡冬深,十分随意,还可以自己改变服装的花纹,穿出自己的个性。

50年以后的衣服一定很舒服。衣服上有自动恒温系统,冬暖夏凉,无论在任何地方都能够穿。如果你得了感冒,衣服里的微电脑处理器就能适当地增加温度,治疗感冒,等你的病好了以后,它又回到了常温状态。衣服上还配有按摩器,当你疲劳的时候,它能自动按摩,让你感到十分的舒服,能缓解你的疲劳。

50年以后的衣服还能预防某些疾病。衣服内有一层可杀菌的材料,能抑制细菌的生长,保护皮肤不被病菌所侵害。这种衣服对消化也有一定的帮助,在吃饭的时候,他会放出某种物质,潜入胃里,促进肠胃的蠕动,帮助消化。

50年以后的衣服是不用洗的,脏了,只要对它说一声"变干净",它就会自动变得干干净净、光彩照人,和新买的一样。

信息+创造=21世纪。让我们携起手来共同创造和发明。

拯救地球

文 / 徐颖

卡通人物的世界与地球出现了裂痕，木叶村、鸣人、木卡西，还有神奇的宝贝——皮卡丘、娃娃种子、杰尼龟和小红龙等都来到了地球，此时的地球环境非常的差，大家都被地球的景色惊呆了。于是，大伙决定清理一下地球环境。

他们先是清理大海。这个时候的大海海面上到处漂浮着石油，海底里沉淀着大量的垃圾，整个海完全被深度污染。鸣人原本想用自己创造的绝招——爆旋圆，可是威力不够，他最终与父亲联合使出了终极绝技——太极爆旋圆，一下子就把大海里所有垃圾和海水都卷到了太空。杰尼龟在无意间拥有了穿越地球和神奇宝贝的能力，它马上叫来一大群水系的神奇宝贝。作为这些神奇宝贝的司令，杰尼龟率领这群神奇宝贝里的五员大将：海刺龙、宝石海星、海星星、吴波和玛丽萝莉，命令所有的水系神奇宝贝一起使用水枪往大海注水，用了整整三天三夜，才把大海重新注满水。

清理完大海，大家再清理陆地。陆地上有许多坚硬得像小山丘一样的大垃圾堆，木卡西使出千鸟和雷切，将垃圾堆切成了一小块一小块，皮卡丘使用妙蛙的种子，将自己送上了天空，使出了自己最拿手的好戏——打雷加上十万伏的龙卷风，将所有的垃圾聚集在一起，再由其他的宝贝全部清理掉。

最后，大家再来改变天空。这一次，杰尼龟叫来了一大群的吞噬兽，小红龙用喷射火焰让热气球飞起来，送吞噬兽上天，这些吞噬兽不停地吸入有毒的空气。在吞噬兽吸毒气的同时，妙蛙的种子放出了花之舞，空气里又弥漫着花的香味。经过十天十夜的不停工作，地球又恢复到原来的样子。

我想对全球人说一句话："要保护好环境，因为我们只有一个地球。"

我和你

文 / 朱旎彤

> 我和你。我是谁？你是谁？形形色色的人，稀奇古怪的物，奇妙的关系将世界网成一片，我们如同被无数根绳子吊着的木偶，苦苦维系着绳子。若将绳子斩尽，我们将灰飞烟灭。
>
> ——题记

以后究竟要做什么？你回答不上来，其实我也不想你回答，我只是想找个冠冕堂皇的理由休息一下罢了。我很累，不想再这样下去了，我已经无法控制自己的身体。重新鼓起的信心，"呼"一下就消失了，是被你偷走了吧？我已经没力气再与你抗争，这低劣的游戏，似乎不用再继续下去了。不是我不想努力，这些虚的东西，你说得倒轻巧，我能够干什么呢？最终的结果大家都了然于心。心像苹果一样从中间开始腐烂，然后变空，在锋利的刀下，一切都无处遁藏。

这究竟是谁的错，似乎谁也没错，所有人只是为自己谋求利益而已，谈不上好坏，我和你也是，逃不了这枷锁。你害怕，我担心，你逃避，我离开，最终的最终，分道扬镳。你的背影，我的泪。我的灰心，你的回眸，路的尽头，千丈之崖，一跃而下。十千年的孽缘，十万年的纠葛，似乎谁也指不明道不清。今生的我爱着你，下一世的你却爱上了不爱你的我，每一生每一世不得善果。

我们，是敌人。我每晚都能梦见你倒在我的枪口下，我想一定很疼吧！可是有些恨，是十辈子都化解不了的，更何况我们只相识了一辈子。我不知道你是怎样想的，其实，我也不需要知道。

　　一直都很想回去，一直一直。可突然发现，我开始害怕，害怕从前的日子，害怕那像阴森潮湿的地牢一样的地方，令人感到压抑。每一个人都比我强，我的光芒通通黯淡，如此黑暗，我无法存活，之前总觉得那是多么美好的一段时光，可现在却不这么认为了。莹莹的日光灯，奋力拼搏的人儿，这样的气氛有些难得。没有人逼迫我们，这样的自觉你觉得能创造多少奇迹？我不想回去，我知道你们都成长了，不会像以前一样天真幼稚，可曾经的你们在我心里腐烂，恶臭味令我隐隐作呕。

你说我笨。这是我们第几次讨论这个问题？似乎数也数不清了。这条丑陋的伤疤，一次一次被我和你联手撕开，因为我不想让它愈合，也不能让它愈合。这种痛，我一定不能让它随着幸福快乐而销声匿迹。我要争这口气，因为，除了这个，我一无所有。我不止一次仰望你，我会因为失败而趴在栏杆上哭泣，那不是伤心，是你的目光刺痛了我的双眼，也一并刺痛了我的心，我无力抵抗。我一遍一遍劝自己不要不要，可我会在不经意之间浑身颤抖。

那年初见你，此生就忘不掉了，我却未曾和你说过一句话。石桥下，乌篷船缓缓游过，你坐在船中，翠绿色的长裙，一袭长发，美得惊心动魄，河边的柳叶静静垂入水中，哪里比得上你千万分之一的芳华。那一刻，我动心了。十几年后，我已娶，妻子不如你美，可，我爱她。不知是否有一位温如美玉的男子在守护你。我的心中一直有你，那单单是欣赏，请原谅我这么些年来一直把你藏在心中。

来世的我已不是我，你何必呢？伪装了一世的面容早已腐烂，今生今世我决定舍弃用心力交瘁换来的情谊，而选择最简单的生活。我的世界将与你隔绝，希望你永远不要打开那扇门，我不想我的世界支离破碎，满地残渣。

即使是萍水相逢的过路人，可能会在将来的哪一天，成为你生命中的贵人。平日里交好的友人，可能会在将来的某一天对你拔刀相向。可，那又怎么样，我和你。世间里，总有一部分人要扮黑脸，一部分人要扮红脸，只要静静地等待你和我的宿命。

自然物语

天下第一桥赵州桥的传说

摘编/自泉

在古时候,木匠祖师爷鲁班领着妹妹鲁姜路过河北赵州城的南洨河渡口时,一条白茫茫的洨河拦住了去路,河宽水深,风高浪急。

河边上推车的,担担的,卖葱的,卖蒜的,骑马赶考的,拉驴赶会的……闹闹攘攘,都争着过河进城。而河里只有两只小船摆来摆去,半天也过不了几个人。

鲁班就问一个路人:"你们怎么不在河上修座桥呢?"

路人说:"这河又宽、水又深、浪又急,谁敢修呀!打着灯笼,也找不着这样的能工巧匠!"

鲁班就和妹妹鲁姜商量,要为来往的行人修两座桥。鲁班对妹妹说:"咱先修大石桥后修小石桥吧!咱俩分开修,我修大的,你修小的,和你比赛一下,看谁修得快,修得好。"

鲁姜说:"一言为定,天黑出星星动工,鸡叫天明收工。"

于是,兄妹分头开始准备。鲁班不慌不忙溜溜达达往西向山里走去了。鲁姜到了城西,急急忙忙就动手。她一边修一边想:等着瞧吧!我非赢不可!果然,三更没过,她就把小石桥修好了。

随后,鲁姜悄悄地跑到城南,看她哥哥修桥修成什么样子了。她来到城南一看,河上连个桥影儿也没有,鲁班也不在河边。她心想哥哥这回输定了。

当鲁姜扭头一看，西边太行山上，一个人赶着一群绵羊，蹦蹦窜窜地往山下来了。等走近了再看，原来赶羊的是她哥哥鲁班。哥哥赶的哪是羊群呀！赶来的分明是一块块像雪花一样白、像玉石一样光润的石头，这些石头来到河边，一眨眼的工夫就变成了加工好的各种石料。有正方形的桥基石，长方形的桥面石、月牙形的拱圈石，还有漂亮的栏板、美丽的望柱……凡桥上用的，应有尽有。

鲁姜一看心里一惊，这么好的石头造起桥来该有多结实呀！相比之下，自己造的那个不行，需要赶紧想法补救。重修已经来不及了，只有在雕刻上下工夫胜过哥哥吧！

于是，鲁姜又悄悄地回到城西，动手在栏杆上刻了盘古开天、大禹治水、牛郎织女、丹凤朝阳。鲁姜刻得鸟儿展翅能飞，刻得花儿香味扑鼻，什么珍禽异兽、奇花异草，都刻得像真的一样。

鲁姜瞅着这些精美的雕刻简直满意极了，于是，她又跑到城南去偷看哥哥。这一看，完全把她给惊呆了：天上的长虹，怎么落到了河上呢？鲁姜怕哥哥赢了自己，心里正着急时，忽然发现哥哥虽然把桥造好了，但桥头上最后一根望柱还没来得及安。于是，她闪身蹲在柳树后面，捏住嗓子伸着脖子"咕咕哏"地学了一声鸡叫。她这一叫，引得附近老百姓家里的鸡也都叫了起来。

鲁班正准备去安桥头上最后一根望柱哩，忽然听到鸡叫，以为天真的亮了。他为人最讲信用，并谨遵约定，于是，他赶忙把最后一根望柱往桥上一安。

这场兄妹建桥比赛，二人各有千秋，大石桥以工程巨大而领先，小石桥以栏板雕饰而更胜一筹。哥哥鲁班虽然输了，但他心里为妹妹的精湛技艺感到十分高兴。

赵州一夜之间修起了两座桥，第二天就轰动了附近的州衙府县。人人看了，人人赞美。能工巧匠来这里学手艺，巧手姑娘来这里描花样。

每天来参观的人，像流水一样。

这件奇事很快就传到了蓬莱仙岛仙人张果老的耳朵里，第二天，他就骑着毛驴，兴冲冲地赶来看热闹。在路上，他遇到了推车的柴王爷和拉车的赵匡胤，于是三人一同来到洨河畔观桥。看过赵州桥后，三人无不暗暗惊叹鲁班的精湛技艺。

为了考验鲁班，张果老与鲁班打赌，如果他们三位能顺利过桥，而桥不倒，他从此便倒骑毛驴。鲁班心想：这座桥，骡马大车都能过，三个人算什么，于是就请他们上桥。

三人走上桥时，张果老转身施法术，聚来日月星辰，装进身上的褡裢里，柴王爷和赵匡胤也运用法术聚来了五岳名山，悄悄放在了独轮车上。由于载重猛增，三人还没有走到桥中间，大桥就经受不住了，开始摇晃起来。

鲁班一见不好，急忙跳进水中，用手使劲撑住大桥的东侧，大桥才转危为安，张果老三人顺利地走过了大桥。张果老当面认输，从此只能倒骑着毛驴了。

因为鲁班撑大桥时使劲太大，大桥东拱圈下便留下了他的手印。桥上也因此留下了驴蹄印、车道沟、柴王爷跌倒时留下的一个膝印和张果老斗笠掉在桥上时打出的圆坑。

大桥是鲁班建造的传说以及张果老倒骑毛驴的故事，被民间口口相传，流传十分广泛。其中最有名的，就是那首脍炙人口的民歌《小放牛》：

赵州桥是什么人修？
玉石栏杆什么人留？
什么人骑驴桥上过？
什么人推车轧了一道沟……

赵州桥是鲁班爷修。

玉石栏杆圣人留。

张果老骑驴桥上过。

柴王爷推车轧了一道沟……

鲁班在赵州修桥仅仅是一个美丽的传说而已，真实的情况是：

隋朝结束了长期以来南北分裂、兵戈相见的局面，大大促进了当时社会经济、文化等各方面的发展。

在当时，河北的赵县是南北交通的必经之地，从这里北上可到达重镇涿郡，也就是河北的涿州，南下可抵达京都洛阳，因此，这里的交通十分繁忙。

但是，赵县这一交通要道在当时却被城外的河流所阻断，严重影响了人们的交通往来，而且每当洪水季节甚至不能通行。鉴于这种情况，隋大业元年，就是公元605年，当地官府决定在洨河上建造一座大型石桥，以结束长期以来交通不便的状况。

在洨河建造大桥时，官府选派造桥匠师李春负责大桥的设计和施工。

赵州桥不仅是一座实用性的交通大桥，而且还是我国古代传统文化的一大载体，又是一件不可多得的古代雕塑艺术瑰宝。

赵州桥建筑结构独特，唐朝中书令张嘉贞称其为"奇巧固护，甲于天下"，它被誉为"天下第一桥"，在建筑史上占有十分重要的地位，对后代的桥梁建筑有着十分深远的影响。

回味夏天

——2011年高考前的内心感受

文 / 王黎冰

夏天，是一个伟大又平常的季节，它热烈、奔放、豪爽的热情，感染了大地的每一个角落。

夏天，是一个时不我待、备受珍惜的季节，它创造着炽烈、亢奋、雄浑和辉煌，破坏着冷清、懒惰、奴性和平淡。

夏天，是一幅画，是一首诗，是一支歌，濡染我的灵魂，打动我的心扉，激励我奋进……

——题记

山葱茏似屏，水飘逸如练，
杨柳亭亭如绿伞，
云彩涌动似锦缎，
草萌绿，花吐艳，蜂蝶舞翩跹，
黄鹂枝头戏红杏，布谷声里麦粒圆……

夏天，用明洁活泼的韵致毫不矜持地展现着它的万种风情；夏天，用明亮透彻的肺腑之言诠释了人类生活的深刻底蕴。

受此感召，烦襟顿释、欢乐开怀。

于是，细品古人之消暑诗词，从中体会到他们的独特感悟和细腻情思，并从中怡情养心，陶冶精神，消减炎夏所带来的高考前的倦怠和烦躁。

泡一杯香茗，我独自坐在树荫下，放下手中书卷，收回纷飞的思绪，听蝉声四起，然后端起凉茶啜吸，滋润一下干渴的心田，的确是夏日中一种难得的享受。

于是，在品味香茗的同时，也在品味着夏天。

想我这即将面临高考的一介书生，闲暇的休闲少不了吃、喝、玩、乐，可夏天的休闲呢？

夏日，因天气炎热，吃不好、睡不好、玩不好，也乐不好，唯独只有喝得好。

如今，饮料市场很兴旺，各种汁、液、冰的"王老吉""冰红茶""冰绿茶""雪碧""可口可乐"等饮料层出不穷，大受青睐。三五元一瓶的"矿泉水"也非常走俏。

想我这"囊中羞涩"的一学子，对那种高档次饮料是不敢奢望的，只有教室里的桶装的近似白开水的"纯净水"，是我最为钟爱的传统饮品，它将伴随我度过中学生阶段的最后一个酷暑。

夏日消暑，品尝各类瓜果又是另一种享受。

西瓜、香瓜、白兰瓜、哈密瓜，还有黄瓜和菜瓜，其水分充足，味道甘美，每天食之，如饮琼浆玉液，满口生津，顿觉神清气爽，双目明亮，那脆、甜、香、爽的感觉，足以让惧怕热天的我经久难忘。

我以为，夏天热得太无情了，幸亏造物主安排了瓜果这些"解暑神将"，我们在品味瓜果的时候，也就在品味夏天的另一种自然情趣。

夏天，女人们千方百计地亮出自己最满意的裙裾，展示充满个性的姿态。

女人夏日风情万种的穿着，无疑成了城市一道靓丽的风景线。

聪明的服装商人早就瞄准了这"夏日热点",大赚其钱,且越来越文化与风尚了,时尚的风景掩盖了商人的"铜臭"。

来往的上学途中,本人也在不经意间浏览这"都市夏日风景调色板",这又是另一种品味夏天的方式。

这种品味,是一种美感的享受,当然也能消暑解热。

如果不信,你不妨也去留意品味一下,这属于女性世界的夏天。

都说夏天热得像热锅上的蚂蚁,无处可藏。

每每此时,临水而居或远水而居的人们,都对水产生了感情。

于是,江河湖海就沸腾了,就有了欢乐、惬意的浪花。

在下虽属于秤砣级别的"旱鸭子",但"泳翁之意不在游",旨在品味湖光山色,碧水蓝天,也就是品味一个天朗气清、烈日悬空的夏天。

几年前的一个夏天,我仰躺在广州一人工湖畔的草滩上,一种从未有过的舒适扑面而来。

我想,今年这个夏天还未到,我关于夏日的感悟却比往日多了许多——

夏天,深邃的蓝天,以其博大和神秘,向我暗示自然界的伟大,而只有这种品味到夏天的"天",才会有一种久远的韵味。

人生的许多事,都不是十全十美的,一如夏天,它带来农作物生长的许多好处,也给世人带来许多生活的不便。

如果我们能换一个角度、换一种方式、换一种心境去品味它,不也是一种超值的享受吗?

那是一首歌

文 / 段添宜

那年夏天，我随父母去了一个滨海小城度假。在那里，我见到了最大最美的星空。

那是一个黄昏，我漫步在沙滩上。也正因为是黄昏，所以散步的人并不多了，只有几个孩子在海边嬉闹。

他们用脚丫踩出了一朵朵美丽的浪花，美丽的浪花不断洗刷着岸上柔软的细沙。柔软的细沙赶不上天边记忆的流霞，记忆的流霞映衬着身后紧随的阿爸，催促孩子们赶紧回家……

孩子们越走越远，等他们的身影消失在水天相接处，我才突然发现：不知道什么时候，夜幕就降临了。天空中神话般地出现了千万颗星星，时明时暗，神秘莫测。星光笼罩着大地，也罩住了海——好大的星空啊！

生活在市区里的我们，何曾拥有过这份美丽？在城市里，高楼耸立，街道狭窄，站在马路上看天空，只能看见狭长的一条；或是空气污染严重，霾遮住了天空，挡住了视线。可是，现在在我眼前的天空却比海都要大，甚至还可以看见那久违的一闪一闪的星星！

星星映在海面上，时而汇在一起，时而化作无数点荧光。星光洒满了沙滩，洒满了街道，洒满了房顶，更洒进了我的心间。

渐渐的，一切似乎都变得朦胧，眼前壮美的景象让我感受到了一阵阵神奇的旋律——虽然并不能听见，但它却回荡在我的心里。

　　这音乐游离着、回荡着，汇成了一首歌，那是天上万千星星失落在人间的梦啊。对于一整片星空来说，一颗星星是渺小的，它所带来的并不引人注意，但是它从不会埋没自己的光芒，只要天气晴朗总能看见它在发光；对于整个世界来说，一个人是渺小的，他所拥有的能力与全世界相比也不过如此。但是我们一定要相信自己是一处风景，有阳光，也有空气，更有别人从未见过的独一无二的美丽。做不了伟人，就做平凡的自己，平凡并不可悲，关键是必须做最好的自己；做不了太阳，就做星星，在自己的星座绽放所有的光彩，努力发光、发热——或许，这才是我向往星空的真正原因吧。

　　夜越来越深了。星空下，大海边，一行长长的足迹留在了身后的沙滩上；心间，那首奇妙的歌曲将永远伴随我的人生……

地畔有根西瓜藤

文 / 向善华

这块地是父亲给我的,种什么,不种什么,全由我自己做主。我种过辣子、茄子,种过苦瓜、瓠瓜、黄瓜、冬瓜,还种过西红柿,但绝对没有种过西瓜……

我一直在努力揣想,那颗种子是什么时候以什么方式进入这块地的!

也许,去年,甚至更久以前的某个夏天,我和我的家人在分吃一个大西瓜,我可能一本正经地对年幼的儿子和侄女说过,西瓜籽吃下肚了吧,明天,你脑瓜顶上就要长出西瓜芽,结一个大大的西瓜!因为小时候,偶尔吃到一片小得可怜的西瓜,大人都是这样说的,但结果是,又饥又饿的我不知囫囵地吞下多少西瓜籽,脑瓜顶上却始终没长出一根西瓜藤。现在想想,这句不可思议的话里,其实隐藏了一个种地为生的农人,内心深处对一颗种子的信任,而那种感情,从来就不必讲什么科学的。我们大口大口地吃着西瓜,舌头一卷两卷,熟练地把西瓜籽分离出来,随便吐在脚下,扫帚就有了表现的机会,三下两下,西瓜籽就被扫地出门了,有一些恰巧落在了地畔。或者,我们就站在门口,一人一片西瓜,噗噗噗,西瓜籽像子弹一样,纷纷从我们的嘴里朝屋檐外飞去,有的刚好溅到了地畔。我们咂巴着嘴,西瓜肉汁是多么清爽,多么甘甜,根本不会关心那些西瓜籽的去向。来到地畔土坷里或草丛间的西瓜籽，风吹，雨淋，日晒，有的被鸡啄去了，有的让老鼠咬去了，只有极少数幸存下来。想不到的是，可能就在我锄地挖土的时候，那些幸运的西瓜籽被深深地埋进了地下，开始漫长的冬眠。

毫无疑问，这是一颗健康饱满的种子，黑黑的坚韧的种皮，里面两瓣白仁，紧紧地合抱在一起。春天来了，它慢慢醒了，而一起埋在地底下的好些西瓜籽统统腐化成泥，走向另一种永恒。那是风，那是雨，那是雷，它听得真真切切，那是春天对一颗种子的召唤！它的身边，草根在呐喊，在奔突，草根们一点道理都不讲，竟然踩着它的身子爬了上去，肥大的草根挤得它几乎窒息。

但这是一颗希望的种子，尽管生命的开端已经慢了半拍，它仍然感谢上苍赐予它发芽的机会。

它终于出来了！它拱出地面的时候，我刚拔过地畔上的野草，好像无意间替它做好了接生准备。它微撑着一双小小的手掌，绿中泛黄，疲弱不堪。它刚刚经历了一场战斗！但在我眼中，它更像一个迟到的孩子，立在门边，怯怯的，窘窘的！这时，我地里的菜秧长得很高很高了，蓬勃茂盛，惹人爱怜！面对这样一位后来者，它们就有了先到为主的优越感。

那些日子，我倍加呵护！想一二十天前，我的指缝间肯定丢失过一粒瓜种，黄瓜、瓠瓜，抑或苦瓜、冬瓜。我深深自责，一时的粗心，就让一颗种子成了独行者。

它是一棵西瓜！

这很让我吃惊，失望，更让我难堪。这是一颗尚未带上我的体温自己撞入地畔的来历不明的种子！它不是我要的能让我充饥的蔬菜，它这几天的成长，跟我的期望毫无关系！再次锄地，那孱孱弱弱的叶，突然颤了一下，其实，天上没刮风，是它听到了我扬起的锄尖，带起一股硬硬的风……但父亲的话救了它，混在草丛里的，不全是草，让它长吧，又不碍你事!

我恨不得将它一锄刨掉!但我不能反了自己的家人,何况儿子侄女高兴,自家的地里结西瓜,这是很让他们感到新奇的事。但心里面,我还是排斥它。它只是流落到这块地上的一个野种,占据的虽是窄窄的地畔,与杂草们混在一起,但总得跟我的辣子、茄子、黄瓜、苦瓜们分享阳光,分享雨露,更说不定,它和草结成同盟,暗地里早把根伸到地中央了。

事实上,附近的瓜农摘卖第一茬西瓜的时候,它的藤只米把长,稀稀的绿叶间散着三两朵黄花,焦萎,可怜,了无生气。但是,儿子侄女一人手里捧着一大块刚从市场上两块多钱一斤买来的西瓜,兴冲冲跑到地畔,看那西瓜藤下遮遮掩掩的西瓜儿。我不忍心打击孩子心中那个善良美好的念想,但却在内心里笑我父亲,种了一辈子庄稼,还看不出那样一棵西瓜藤肯定是长不出什么好果来的。我心里充满了不屑,甚至嫌恶,但那棵西瓜藤没时间来揣度我这些心事了。当天气日渐炎热,我们坐在空调房里,大口大口吞着那些用农药化肥喂出来的西瓜的时候,地畔那棵西瓜藤在地中央的阳光中,一直努力伸展着比先前粗壮好多的青藤,虽然无人培管,但那掌形的叶,一点点宽了,密了,绿了,那全身布满漂亮花纹的西瓜儿,漫漫地变圆了,变大了。不过,我仍固执地阻止它们的生长与扩张,我一次又一次地,将它们伸向地中央很有点像开路先锋的藤条撩开,它们转过身朝另一方向涌过去,一点一点侵占了地边的路面。这里没有辣子、茄子,没有空心菜,我更肆无忌惮,皮鞋一次一次踹向它们匍匐的身子……

其实,我做着这一切的时候,固执得心虚,我的大半块地早已被它们霸占,特别是我真心爱着的空心菜,被那些密不透风的宽如手掌的叶压着,从此失去了阳光。

我彻底被它们打败!

但是，故事的结局却让人灰心！

立秋过后，瓜市渐渐沉寂，而地畔，那根西瓜藤下的西瓜，个儿还和先前一般大，表皮上那些茸茸的胎毛还没脱落。它们似乎根本不懂瓜熟蒂落这个理。错过了季节！这话刚从父亲口中说出，我内心一震，莫名地疼痛。

当我手执西瓜刀，小心翼翼地剖开一个个小如皮球的西瓜时，儿子侄女的嘴噘得好长，嘟囔着，这叫什么西瓜，不吃了！桌子上，堆满了一片片切好的西瓜，皮肉混沌不清，只有中心稍见一抹不经意的红，剩下就是白，白里透黄，色彩暧昧。零零星星镶嵌着的几颗西瓜籽，更难见一丝成熟的黑，就算还能回到地里，也做不了一颗合格的种子了……

我强迫自己拿起一块，陡然生出一种生吞悲剧的感慨！

有些事，努力了，争取了，不见得有好结果！看到地畔那根西瓜藤，你也就慢慢想开了，这世上有种品质，就叫，不放弃！

读书沙龙

让才能透过学习成绩展现

摘编 / 白依依

他出生于内蒙古自治区呼伦贝尔市海拉尔区草原上，小时候是一个非常淘气的孩子，8岁那年，父亲不幸辞世，母亲用坚强和隐忍挑起了这个风雨飘摇的家。可是，那个时候的他一点也不理解母亲，贪玩儿、淘气，经常惹母亲生气，以至于每天至少要挨两次打，如果一天不挨母亲的打，他心里就会觉得少了一点什么。

由于太贪玩，他的学习成绩非常差。一次考试，他竟然考了个全班倒数第二名。老师把这次考试的分数和名次贴在教室里。每次看到这个排名榜，他的自尊心都会受到打击。于是，他悄悄地把排名榜给撕了下来。

那时的他，在老师眼中是个不折不扣的"差"学生。那时，他的梦想就是将来接母亲的班，当教师。然而，接班的名额只有一个，他还有个哥哥，他要当教师就需要与哥哥竞争。让他想不到的是，哥哥考上了大学。

上高三的时候，他发现之前和他一起玩的同学也都跑去刻苦学习了。他心里也非常想像哥哥一样上大学，于是，他下决心从此努力学习。

然而，他的学习成绩距离上大学实在是太远了。为了让成绩提高得快一些，他把所有学过的课本全都找出来装订在一起，历史书一共有

600多页，地理书一共有700多页，语文书一共有1000多页，等等。然后，他计算着日子，在高考前，每天需要看多少页书，做多少道题，等等，只有把当天的任务完成，才可以出去玩。

高考前，他把这些课本从头到尾看了4遍，他说："我不认为这是我有毅力的表现，从某种意义上来说，有了计划然后按照计划去做是很简单的事情，因为，当你量化之后，目标感强了，这比你糊里糊涂傻看要轻松得多。"功夫不负有心人，最后，他以全班第8名的成绩考上了当时的北京广播学院（现名中国传媒大学）。

实习的时候，他选择到国际广播电台实习。他希望通过实习，能够留在那里工作。结果，国际台以没有招收中文编辑的计划而抛弃了他。最后，他做了一名《中国广播报》的编辑，这虽然不是他的专业，但他还是愉快地接受了这份工作。

在努力工作之余，他喜欢自己写点东西。随着他发表的文章越来越多，他的卓越才华渐渐显露出来。这些才华为他赢来一个新的机会——中央电视台要开辟一个《东方时空》栏目，让他前去试镜。由于平时的积累，再加上他的专业，他一次性通过了面试，成功入驻东方时空栏目。自此，央视每晚的新闻联播便有了一个深刻而不呆板、活泼而不媚俗的节目主持人。

他就是著名主持人白岩松！

随着《东方时空》的成功，白岩松也渐渐为观众所熟知。接着，他又主持了《子夜》《焦点访谈》《新闻1+1》等栏目，还担当了多次春节联欢晚会节目主持人，荣获了"中国金话筒奖""第九届长江韬奋奖"以及"中国十大杰出青年"等荣誉称号。

回首高考，白岩松对母校的师弟师妹说道："为了让别人看到你卓越的才能，你必须先拥有优秀的成绩。如果你说，我现在有很多卓越的才能，只有学习成绩不好。那么，在目前这个年龄段，你就拥有不了让别人接受你的机会。所以，我们要清醒地意识到，在我们读初中、高中、大学时，我们的才能要透过我们的学习成绩去展现出来，尤其在高中阶段。"

"只要努力，命运总会来敲门。重要的是，你是否听得到，是否已经准备好。"这是白岩松在接受《中国青年报》记者采访时说的最多得一句话。他也身体力行地用自己的成功证明这句话：让才能透过学习成绩来展现！

风尘苦，樱桃甜

——读李肇星《姥姥的樱桃》有感并贺大崮樱桃节作

文 / 尹宗国

中国有句古话叫"貌若潘安"，是人们对于一名男子外貌的最高褒奖，而这位美男子代表的人物原型便是西晋潘岳。史载潘岳除了美貌外，更是太康文学的首领人物，是中原文士的领军人物。而其对母亲的孝心，更使之成为二十四孝中"辞官奉母"的主人翁，成为中华传统孝道的典范。潘岳早年得到司空太尉赏识，荐举为秀才。在其二十来岁时，晋武帝司马炎有一天来了兴致，下乡耕田作秀。这场作秀引得当时文人纷纷作诗拍马屁，结果潘岳作了一首《藉田赋》，辞藻清艳，声震朝野，遭人嫉恨，于是被排挤出了朝廷。

赋闲十年，归隐田园，潘岳远离了案牍之劳和朋党之争，真可谓无官一身轻，活得悠然自在。期间所作《闲居赋》中写道"汲田鬻菜，是亦拙者之为政也"，对仕途疲倦渴望平静田园生活的心情溢于言表。

后来，明朝有个叫王献臣的苏州人，弘治六年中了进士，擢为御史。明朝的御史是一种到外地巡察的官员，这位王御史到山西大同巡视的时候，很是办了几件好事，但却因此得罪了当时的特务组织东厂，从此不断找他的麻烦。

皇帝当然相信他所依靠的特务们的话，于是这位王御史一会儿"杖三十，谪上杭丞"，一会儿"谪广东驿丞"，一直到正德皇帝即位，才给了他一个永嘉知县。此君宦海沉浮，终于看破红尘，慨叹"拙者之为政"，回去后便建了那处著名的"拙政园"，汲田鬻菜，逍遥田园了。

其实世间有许多东西都是累人的，世俗人孜孜以求的功名利禄更是一大累。古人说"白首为功名"，大凡读书人总难逃圣贤明训。于是，富贵梦里趋之若鹜，名利场中波谲云诡，一入此道，终日碌碌，哪得轻松悠闲，更别想汲田鬻菜甚而纵情山水了。

李肇星作为享誉海内外的"诗人外长"，在世俗人的眼里，也算是功成名就的了。而逸才之下，雅情高致是自然而然吧。但外长从事外交事业半生，虽然以其铁齿钢牙舌战群邦，扬我华夏，风采亦且风光，但国际事务纷纷扰扰亦且风云变幻，肩上既负国家民族的重托，则务必殚精竭虑尽力周旋，天涯宦游，风尘倦倦，心，应该是很累的啊。"国会山上半块乌云，国会山前没有樱桃。"身临迷境，水复山重，前路漫漫全靠外长长袖挥舞呢，而异国他乡的万里风尘中，绝不会有可以舒心畅意地品尝、饱含浓情蜜意的樱桃。

晋李密在《陈情表》中说："臣无祖母，无以至今日。"祖母亲情殷殷，他自己伤悲后人也跟着流泪。以前曾听大珠山一带的人们传说，李肇星小时候常住姥姥家，而自幼聪颖懂事的他也备受姥姥宠爱，他的童年在姥姥的宠爱下快乐逍遥。于是，"鲜美甜嫩的记忆，总是姥姥的辛劳。"姥姥家虽然没地没钱，姥姥的羽翼虽然单薄，却给了孩童时代的李肇星一片风吹不到雨淋不着的晴朗天空。

"男儿生世间，及壮当封侯。"自古读书人的宿命性追求都是学而优则仕，然后内可以封妻荫子，光宗耀祖，外可以惠世济民，算是男儿得志的标准吧。然而，功名背后有着多少烦恼忧愁，红尘滚滚世事纷纭，既要应付前路的风波，又要承受身后的毁誉，所以说功名累人诚非虚话。李肇星是从贫瘠的土地上一步步走到繁华的国际外交舞台的，他是大珠山里飞出的鲲鹏。归鸟投林,只有故乡,只有儿时记忆里充溢着殷殷亲情的故园,是永远温馨而美丽的乐土啊。"不怕那山的乌云,不怕这山的杂草!吃足了姥姥的樱桃——在故园的半亩一角。"从中我们不难感受到,他那深沉的乡土情怀和炽热的赤子之心。

  据说,李肇星童年爱吃樱桃的爱好一直保持到现在,不管到哪个地方,只要听说盛产樱桃,总是尽量找机会品尝。他乡的樱桃虽然甜美,却找不到当年尽情消受姥姥故园里的樱桃时那份陶醉。有一年他回家乡时,偶然尝到了大崮村樱皇谷的樱桃,颗粒饱满,味美甘甜,于是,外长有情,大崮有幸,在那个秀丽宜人的樱皇谷,留下了一位外交部长真情流露才情横溢的名篇《姥姥的樱桃》诗词碑刻,留下了一段永远美丽的佳话。

  诗人外长与樱桃是结了一生的不解之缘,姥姥故园里的樱桃是永远的亲情,樱皇谷的樱桃是他不老的爱恋。如今,故园空伤怀,樱皇谷常在。每年芳草萋萋的时候,漫山遍野的红珍珠挂满枝头,晶莹剔透,串串如星眸含情,在晨露中、在夕阳下默默地等待。微风吹过,摇曳生姿,似乎顾盼远方的知己,樱花为谁开?樱桃为谁红?宦游天涯的诗人外长啊,虽然拳拳爱国心可以笑傲万里风尘,但风尘中总有苦和累。如果梦回故乡,就到樱皇谷吧,大崮的樱桃永远是甜的,甜得可以忘却所有的疲惫……

读《我只是一个小孩》有感

文/尹傑

这个假期,我的阅读生活十分丰富,我阅读了《上下五千年》《论语》,等等,其中,我最喜欢的书籍是"爱上写作一定要读大师经典"系列的《我只是个小孩》。

这本书云集经典文学作品,紧贴课本写作主题,传授写作技巧,为你的文学生涯奠定基础。书中的文章凝练优美、诙谐幽默,让学生在快乐中收获知识。在每篇文章的最后,还有好词好句汇总,给你更多收获!在我阅读的过程中,有一篇名为《松林一夜》的文章使我印象深刻,文章的主要内容是这样的:

天色朦胧,作者从洛泽尔山的一隅登临而上,来到一处绿草如茵的幽谷。

潺潺溪流蜿蜒而出,形成了一小股喷泉。小溪边,绿树枝叶扶疏,十分茂盛。除了一座隐隐约约的山和头上的天穹,几乎看不到什么景色。"在这里野营是安全的。"作者一边想,一边安顿自己和牲口。

作者躺在睡袋里,想:待在家里总是死气沉沉的,在这儿有星辰露水相伴,是多么惬意呀!整个夜晚,作者都能听到大自然深沉酣畅的鼻息,即便如此,大自然也在活动着、微笑着……没错,大自然时时刻刻都是鲜活的、美丽的!

作者悠然醒来,觉得口干舌燥,一口气喝光了随身携带的"圣水"，顿时感到格外的清醒。抬头看着天上的群星，璀璨、晶莹、清晰而不朦胧。一旁的银河就是衬托星星的云朵，让星星更加耀眼、美丽。

小溪从岩石上淌过，倾吐着不可名状的喁喁话语。作者悠闲地观赏着繁星间呈现的黯蓝光亮，美丽极了！读到此处，我感受到繁星点点和潺潺溪流带来的惬意之情，同时，夜晚的宁静令人无比神往。

习习微风，宛如飘然而至的清凉剂，整个夜晚，松林里都保持着清新、凉爽……读到这里，我仿佛身临其境，亲自感受到了那种舒服的感觉！

这篇文章中，作者生动形象地介绍了自己在松林一夜的奇妙生活，情感真切地赋予大自然生命与活力，让我看到了一个神奇的、充满魅力的大自然！

同学们，读书能够增长我们的见识，开阔我们的视野，让我们一起享受读书的快乐吧！

过程也是一种美

——《海的女儿》读后感

文 / 彭雅欣

小时候,妈妈给我买了许许多多的童话书,其中有一本叫作《海的女儿》。"辽阔的大海也有自己的女儿?"带着疑问,我读了起来。

它说了一个悲伤的故事。大海的女儿小人鱼为追求陆地上的王子的爱和人类的不死灵魂,告别亲人并用美妙的嗓音换了鱼尾变人腿的药水,忍痛喝下它。但代价是如果第二天没得到王子的爱,她就得死。可王子却娶了另一个公主为妻,在小人鱼觉得没了希望时,姐姐们用长发换来一把剪刀,让小人鱼捅向王子,这样她就能活下来。然而,小人鱼却并没有这么做,她宁愿自己化成海里的泡沫。

"这样做值得吗?"幼小的我当时不能理解故事的真谛——直至今日,也没有一个答案。

现在,我上了六年级,要考中学了。课本上的内容、概念不再像以前那样一看就懂,而是需要自己思考才能理解,有时甚至会想破头皮,感情脆弱的我经常被弄得情不自禁地哭起来!而且想这些问题需要花很多时间,认为不值得用那么多时间想这些问题的我很烦躁。

有一次,我又很烦躁时,妈妈突然说:"去看看《海的女儿》吧!"

"《海的女儿》?为什么要看?看这个跟我的功课有什么关系?"可

为了放松一下,我还是放下手中握得紧紧的笔,无力地去拿来这本书,无精打采地看起来,书中一字一句再次映入眼帘。

很快,我就读完了。这时,我感觉一个朦胧的道理在我的脑海里呈现——和小时候的不一样了!小人鱼为什么要受哑巴之苦?为什么要每一步都像是在踩在刀尖上?为什么她宁愿自己死也要让王子活?一切一切都是因为——她只愿和王子在一起并拥有不死的灵魂呀。

虽然她没有成功,可她坚持不懈的精神却成功了!就像你为目标前进,你付出了很多,到头来尽管没达到预期的结果,但你坚持的过程本身就是一种收获——结果固然重要,但过程也是一种美!因为经历是财富,是真实的纪念!我现在不就在为我的目标——考个好中学而努力吗?想到这里,我豁然起身,拿起笔,认认真真、不急不躁地思考每一道题……

我一定会像小人鱼那样,为考个好中学而坚持不懈,不论结局是好是坏——追求的过程本身就是一种美!

少一份污染，多一份希望

——读《珍惜自然资源》有感

文 / 曾元奚

今天，我读了一篇文章——《珍惜自然资源》，它使我明白了珍惜资源是多么大的一件事。

文章主要讲述了美国、日本、韩国，还有惠普公司等是如何节约、如何珍惜资源、如何保护树木等一切珍惜资源的事例。读完这篇文章，那件事又浮现在我的眼前。

那天，我和妈妈领着弟弟去公园玩。路上，我们看到一群年青人围坐在路旁的草地上，面前摆放着一大堆的饮料，正在大口大口地喝着，喝得好不痛快！

当我们回家时，发现刚才那伙青年坐过的草地上，只剩下一堆零乱的饮料瓶子，人却不见了。看着那堆散乱的饮料瓶，我觉得很气愤："他们怎么可以这样做呢？作为年轻人，特别是有知识懂文化的年青人，怎么会不懂得保护环境的道理呢？"

"元奚，快去，把那些瓶子扔进垃圾箱，不要让它们破坏了我们的环境！"妈妈指着那堆饮料瓶对我说。我也正有此意，于是往那堆饮料瓶走去。就在这时，一位白发苍苍、步履蹒跚的老奶奶已经先行一步，弯下腰，用她干枯的手捡起了那些饮料瓶，然后再把它们一个一个装进了大塑料袋子里。我很疑惑,走上前去问:"老奶奶,这些瓶子不是应该扔进垃圾桶的吗?为什么要放进这个袋子里?"

老奶奶抬起头,对我笑了笑,说:"小朋友,这些瓶子是可以回收的,能够再利用。你看,这样既保护了环境,又有利于资源的无限的循环呀!"说完,奶奶又弯下腰捡起了最后一个瓶子。

奶奶说得多有道理呀!如果我们每个人都能像老奶奶一样,处处保护环境,让每份资源都能得到循环利用,那我们的国家、我们的社会就会少一份污染,多一份希望。

"惊魂"之阅

文 / 成涛

阅读本应该是一种轻松愉悦的事儿,可我却有过一段"惊魂"之阅。

暑假里,我迷上了中国四大名著之一——《西游记》。那天晚上,我又像往常一样翻开《西游记》津津有味地读了起来。正看到孙悟空大战白骨精的精彩之处时,墙上的大挂钟"当当"地响了10下。老妈见我快睡觉了还舍不得放下手中的书,便一催再催,直到我在她的"唠叨神功"下依依不舍把《西游记》合上,拖着沉重的步子上床睡觉才罢休。

虽然我身在床上,可心却还在《西游记》中神游。"孙悟空是用什么方法打败白骨精,又是怎样救出自己的师父呢?真想一口气把书看完啊!"正当我在心中胡思乱想时,一个念头在我心头闪过:可以先把门关上,再趁老妈不备之时把书拿到被窝中用手电照着看啊!对,就这么办!

说干就干,还没等我开始实施"计划",门就"吱呀吱呀"地响了起来。紧接着,一道亮光从卧室门外射了进来,然后就是老妈的头从门缝中探出来,吓得我心中一惊,赶忙闭住双眼,装作已经熟睡的样子,没想到这一"睡"居然不小心睡着了。

也不知过了多久,等我醒来时,发现房间漆黑一片——老妈已经关门了。"我的《西游记》。"想到这,我快步走下床,到书橱中轻轻地抽出我的最爱——《西游记》。

就在我准备上床时，左手不小心碰到了什么东西。"咚"的一声"巨响"，把准备上床的我吓了一大跳。原来是台灯倒了，一想到被老妈发现我在被窝中偷看《西游记》时的"彪悍"作风，顿时吓出了一身冷汗。我急忙顺手把台灯扶起，把书放回原处，跳上床，闭上眼睛假装已经熟睡。第一次尝试最终以失败告终。

但我并不甘心——接下来的故事如此精彩，我怎能轻言放弃呢？过了许久，并没听到母亲的脚步声，于是我决定再次行动，为了书中精彩而又曲折的情节"奋斗"。我又蹑手蹑脚地走下了床，拉开抽屉，拿出计划中用于照明的手电。正当我准备拿上《西游记》时，手关抽屉使劲大了些，使抽屉发出"嘭"的一声响。由于害怕被老妈发现，我急忙把小手电放到枕头下，再次跳上床假装睡觉。

就在我暗自庆幸没有被老妈发现之时，一道身影从紧闭的卧室门外走了进来。还好我早有准备，只要一闭上眼睛，外面什么事我都不管了。只是隐隐听见老妈嘀咕了一句："刚才明明听见'嘭'的声音，难道是我幻听吗？"过了许久，直到再听不到一点动静，我第二次下床把《西游记》拿上，满是喜悦地在被窝中津津有味地读了起来……

虽然我最后如愿地读到了《西游记》，但那一晚上的担惊受怕，现在想起来仍有些惊魂未定！！

刻苦读书的余秋雨

摘编 / 余四诗

余秋雨是我国著名美学家、作家、艺术理论家和中国文化史学者，曾任上海戏剧学院院长、教授，上海写作学会会长，中国2010年上海世博会上海企业联合馆文化总策划。他的书籍，长期位列全球华文书排行榜前列，他是公认在全球各华人社区影响最大的极少数作家之一。海内外读者高度评价他集"深度研究、亲历考察、有效传播"于一身，以整整20年的不懈努力，为守护和解读中华文化做出了先于他人的杰出贡献。最近几年，他又被联合国教科文组织、北京大学、中华英才编辑部、鼎极摄影文化等机构评为"中国十大艺术精英""中国文化传播坐标人物""2007十大学术精英"之首，被世界华人经济测评体系授予"影响世界100年100位杰出华人奖"。

余秋雨之所以能取得这么大的成就，跟他少年时如饥似渴的发愤读书是分不开的。

余秋雨出生在浙江余姚一个普通家庭。父亲是一位基层公务员，母亲是一位没落大家族的小姐。余秋雨的童年是在余姚县桥头镇（今属慈溪市）度过的。

4岁那年，余秋雨背上书包走进了乡村的小学。当时，这所小学有一个图书馆，里面有几十本童话和民间故事。老师规定，写100个毛笔小楷字才能借阅一本书。为了能借阅这些书，余秋雨一有时间便写毛笔字。他在回忆那段日子时曾说:"我正是用晨昏的笔墨,换取了享受《安徒生童话》《格林童话》和《伊索寓言》的权利。直到今天,我读任何一本书都非常恭敬,那是从小养成的习惯。"

余秋雨11岁的时候,为了能让他有更好的前途,他们全家借住到上海市区。余秋雨在上海报考了中学。这所中学的图书馆虽然不小,但每天借书都要排长长的队,而且想借的书十次有九次都被借出去了。后来,余秋雨打听到有个叫"上海青年宫图书馆"的地方借书比较方便,就立即去申办了一张借书证。

当时正值困难时期，人们每天都吃不饱饭。余秋雨从家步行到青年宫需一个多小时，他每次晚饭后去青年宫借书时，往往走到一半就饿了。而当他走到图书馆，离图书馆关门已经不到一个小时了。等他找到书，也就只剩下半个多小时了。并且从那里把书借出来也不容易，所以余秋雨每次只能在那里看。在半个多小时里，能读几页书？但是，就为了阅读这几页书，十三四岁的余秋雨每天都要忍着饥饿来回走两个多小时。

正是少年时这段艰辛的阅读时光，为余秋雨今后的文化之旅打下了坚实的基础。在《长者》一文中，我们可以看到余秋雨那时发愤读书的情景。

关于读书的方法，余秋雨有一个著名的"畏友"论："应该着力寻找高于自己的'畏友'，使阅读成为一种既亲切又需花费不少脑力的进取性活动。尽量减少与自己已有水平基本相同的阅读层面，乐于接受好书对自己的塑造。我们的书架里可能有各种不同等级的书，适于选作精读对象的，不应是那些我们可以俯视、平视的书，而应该是我们需要仰视的书。"

20 世纪 80 年代，余秋雨陆续出版了《艺术创造论》《观众心理学》《中国戏剧史》《戏剧思想史》以及《Some Observations on the Aesthetics of Primitive Theatre》等一系列学术著作。先后荣获全国戏剧理论著作奖、上海市哲学社会科学著作奖、全国优秀教材一等奖。近年来余秋雨在教学和学术研究之余所著散文集《文化苦旅》先后获上海市文学艺术优秀成果奖、台湾联合报读书最佳书奖、金石堂最具影响力的书奖、上海市出版一等奖等。1997 年，余秋雨被授予"国家级突出贡献专家"的荣誉称号。

宋词里面的忧伤

文 / 匡天龙

宋词如烟，如雾，如雨，湿漉漉地挂满了宋朝的天空。宋词网住了整整一个王朝。

年幼时，便对宋词一见钟情，许多个夜晚将窗帘拉上，挡住了城市的喧嚣，一个人独对宋词。夜，真的静了下来；心，真的空了出来。一颗被尘世磨砺得麻木的心灵变得敏感而热烈，我虔诚地走进宋词的意境之中。宋词以其独特的美感熏陶着我，使我如痴如醉，难以自拔。在反复的阅读中，我发现忧伤和哀愁是宋词的永恒主题。宋词是一个软弱的王朝在频繁战乱的历史中集体感伤的汇合，一位又一位词人将感伤和哀愁填在人生平平仄仄的格律中，词人或许并没有比常人经受更多的苦难，但是因为他们的正直、悲悯、敏感和多思，他们的忧伤才具有了更深刻的内容。词人们以丰富的想象、精妙的比拟、清雅的文字，整理着自己的忧伤，如同受伤的天鹅不忘保持自己优雅的姿态，一边流泪，一边梳理着自己的羽毛。

最先向我走来的是词皇李煜。李煜称帝时，所作之词格调并不高。后来，成了阶下囚，消极颓废到了极限，词的艺术魅力也达到了极限。"问君能有几多愁，恰似一江春水向东流"；"剪不断，理还乱，是离愁。别是一番滋味在心头"；"独自莫凭栏，无限江山，别时容易见时难。流水落花春去也，天上人间"……这些隽永的千古名句，在中国人的心里流动了千年。李煜用国家与自身的命运和精神血肉,铸造了宋词的辉煌。王国维《人间词话》称:"词至李后主而眼界始大,感慨遂深,遂变伶工之词为士大夫之词。"

想起宋朝那朵卓绝一世的凄凉之花,想起了李清照。李清照是千古第一女词人,她用一支亦秀亦豪的如椽巨笔,勾画出半壁江山。她原是官宦人家的千金小姐,父亲的藏书将她浇灌得外美如花,内蕴如竹。她满载着少女的幸福,涉入爱河,与夫婿赵明诚琴瑟相和。他们在琴棋书画金石诗文中共享爱的甜蜜。可是婚后不久,赵明诚在战乱中病亡。李清照在国破家亡的磨难中,颠沛流离、四处逃亡,她将锥心蚀骨的痛苦和哀愁化为凄凉的文字。"物是人非事事休,欲语泪双流";"寻寻觅觅,冷冷清清,凄凄惨惨戚戚;……者次第,怎一个愁字了得"……不是真正的伤心人,未到真正的伤心处,是断然写不出这空前绝后的哀婉之词的。李清照是深知自己生命的含金量的。她以笔抗世,以词唤天,将故国之思与家亡之恨,抽丝剥茧般进行纺织,化愁为词,为后人留下了苦难时代的灵魂绝唱。她的词永远被人们传诵。

捧读辛弃疾饱蘸血泪谱写的词,总能清清楚楚地听到他一遍遍的哭诉,感受到他一次次的表白。他因爱国悯民而生怨,因尽职尽力而遭灾。国有危难时招他启用,朝有谤言又弃之一旁,这是他一生的悲剧。他徒然带着山河破碎报国无门的心病而流英雄泪:"可惜流年,忧愁风雨,树犹如此!倩何人,唤取盈盈翠袖,揾英雄泪?"如果说东坡常用"安时而处顺"的态度来排遣所遭受的痛苦,那么,辛弃疾多以慷慨悲歌来倾吐抑郁的哀愁。到了"而今说尽愁滋味,欲说还休,欲说还休,却道天凉好个秋"中,已是愁到深处却无言,此时无声胜有声。辛弃疾的词是正义和忠烈的化身,缘此才能燃烧,才能振聋发聩。

手执磨得起了毛边的《宋词》,我被一望无边的哀愁和忧伤包围着。逸怀浩气的东坡感叹"江海寄余生";多愁善感的柳永咏唱"执手相看泪眼";深婉含蓄的晏殊于"小园香径独徘徊";仕途坎坷的欧阳修"为伊消得人憔悴";姜白石问"念桥边红药,年年知为谁生?"300多年北宋南宋之动荡,产生了宋朝的词人和宋词。宋人写宋词,是心有所动、情有所发,是为一己而写,以浇一己之块垒。孰料,人同此心,心同此理,宋词竟然从一代代文人手中流传千古。这正应了哲人康德的一句至理名言:"无目的的合目的性。"

宋词中所弥漫的无边无际的哀愁与忧伤,是"小我"之愁,亦是"大我"之愁。在国破家亡的战乱中飘泊天涯,万千愁绪哀思齐赴心头,创造了独特而又极具普遍意义的宋词情境。缘此,引起百代之后众生的共鸣。"哀愁"的内涵各不相同,但它恰恰是人们常常产生,而且永远具有的一种感情。

情境相通的那一刻,宋词会跨越千年的门槛,跋山涉水而来,叩响我们心的弦索。

达·芬奇画鸡蛋

摘编 / 米米

达·芬奇是欧洲文艺复兴时期著名的画家，他创作的《蒙娜丽莎》和《最后的晚餐》是人们所熟知的世界名画。而他之所以能够成为一名著名画家，跟他父亲及时发现他的爱好，并着力培养他的绘画特长不无关系。

达·芬奇的父亲是佛罗伦萨有名的公证人，家庭非常富有。达·芬奇的童年是在祖父的田庄里度过的。孩提时代的达·芬奇就表现出对画画的特别兴趣。那时，他经常独自一人坐在草丛中，用心地观看五彩缤纷的花草树木，并饶有兴趣地描绘着这些花草树木的花瓣和树叶的形状。有时，他还会从田野里抓几个小动物带回家里，然后仔细观察，并按照小动物的样子进行描绘。开始画得有些四不像，但是，时间久了，他画的那些东西渐渐有了画意，镇上的人们都称他小画家。

有一次，达·芬奇的父亲受一位农民的委托，要画一幅盾面画。他想试试儿子的画艺，便将这任务交给了小芬奇。小芬奇凭借自己丰富的想象力，用了一个月的时间，画成了一个骇人的妖怪美杜莎。这幅作品完成后，小芬奇请父亲来到他的房间。他把窗遮去一半，将画架竖在光线恰好落在妖怪身上的地方。达·芬奇的父亲走进房间时，一眼就看到了这个面目狰狞的妖怪，马上吓得大叫起来。小芬奇则笑着对父亲说：

"你把画拿去吧，这就是它该产生的效果。"

父亲确信达·芬奇有绘画天赋后，就决定把他培养成为一名画家。

当时，意大利著名的艺术中心是佛罗伦萨，那里经常有意大利人文主义者聚会，讨论学术问题。父亲便将小芬奇送到佛罗伦萨，师从著名的艺术家韦罗基奥，开始系统地学习造型艺术。

韦罗基奥是当地一位颇有名气的画家和雕刻家，他看到达·芬奇既有绘画的天赋，又有学画的决心，就答应收下这个小徒弟。

韦罗基奥对小芬奇非常严格,学习的第一天,他让小芬奇画蛋。让他横着画,竖着画,正面画,反面画……

只画了一天,小芬奇就厌倦了。没想到第二天,韦罗基奥又让他画蛋,第三天也是如此。小芬奇画了一天又一天,终于有一天,他忍不住了,向老师提出了疑问:"老师,画蛋有什么技巧呢?您为什么一直让我画蛋?"

韦罗基奥说:"要做一个伟大的画家,就要有扎实的基本功。画蛋就是锻炼你的基本功啊。你看,你画的1000个蛋中没有两个蛋是完全一样的。同一个蛋,从不同的角度看,它的形态也会不一样。通过画蛋,可以提高自己的观察能力,可以通过发现每个蛋之间微小的差别,来锻炼手眼的协调能力,画蛋画好了,再画别的就能做到得心应手了。"

达·芬奇恍然大悟,原来老师让他画蛋是为了培养他观察事物和把握形象的能力!于是,他开始刻苦训练绘画基本功,天天对着蛋认真地画,努力将各种绘画技巧融于其中。

3年以后,达·芬奇终于练就了一手得心应手的绘画能力,想画什么就能画成什么,想怎么画就怎么画。

国歌的故事

摘编 / 吴云

国歌,是代表一个国家民族精神的歌曲,是被政府和人民认为能代表该国家政府和人民意志的乐曲。国歌一般用于国家间的访问,政府的大型会议或一切组织的开幕式或闭幕式。

世界上最古老的国歌是荷兰的《威廉·凡·那叟》(Wilhelmus van Nassouwe)。1569 年,荷兰人民为抵抗西班牙统治者的统治与压迫,高唱《威廉·凡·那叟》(奥兰治的威廉)冲向敌人,并战胜了西班牙统治者。荷兰人民对这首代表着国家民族精神的歌曲十分的热爱。后来,这首歌曲便成了荷兰的国歌。从此以后,许多国家也争相模仿,制定出自己国家的国歌。

世界各国的国歌有很多而且各不相同,有的是民族斗争的产物,有的是和平时代的赞歌,有的描写自己国家的自然风光和地理环境,有的则叙述国家古老的历史。英国国歌《天佑女王》,歌词来自圣经;法国国歌原名《莱茵河军团战歌》;美国国歌《星条旗》,用的是《安纳克利翁在天宫》的旋律。

受西方国家的影响,清末著名外交家曾纪泽 1880 年兼任驻俄公使时提出谱写国歌的建议,并亲自谱写了《普天乐》歌曲,作为"国乐"草案上呈朝廷,但未获批准,此后这首歌在海外外交仪式上已作为清朝国歌在演奏。由于歌的节奏缓慢,缺乏雄壮气魄,常常受到

批评。

1906年，清政府陆军部成立，曾制定一首《陆军军歌》在外交仪式上演奏。清末宣统三年（1911），清政府正式制定了中国历史上第一首国歌。由严复、溥侗等人编制，歌名为《巩金瓯》。歌词曰：

"巩金瓯，承天帱，民物欣凫藻。喜同袍，清时幸遭。真熙嗥，帝国苍穹保。天高高，海滔滔。"寥寥数语，用意深远，但流行甚短。不久辛亥革命事起，清帝国覆亡。

1911年12月29日，孙中山被推选为中华民国临时大总统。第二年1月1日中华民国临时政府在南京成立，蔡元培任教育部长后，便马上着手征集国歌。1912年2月，由沈恩孚作词、沈彭年谱曲的"国歌拟稿"《五旗共和歌》出台了。歌词曰：

"亚东开化中华早，揖美追欧，旧邦新造。飘扬五色旗，民国荣光，锦绣山河普照。我同胞，鼓舞文明，世界和平永保。"

1915年4月，窃取了民国总统的袁世凯不但将中华民国临时政府从南京迁往北京，而且废止了孙中山颁布的国歌，把一首《中华雄立宇宙间》的歌曲定为国歌。歌词曰：

"中华雄立宇宙间，廓八埏。华胄来从昆仑巅，江湖浩荡山绵连。勋华揖让开尧天，亿万年！"

这首国歌颁布的第二年，随着袁世凯皇帝梦的破灭，这首"洪宪"国歌，也就成为历史。

1919年11月北洋政府教育部成立了国歌研究会，根据著名思想家、国学大师章太炎的建议，决定将相传是上古时代舜帝所作的《卿云歌》作为国歌，并由作曲家萧友梅为之谱曲。1922年1月，由北洋政府国务会议正式公布为国歌。原《卿云歌》只有四句，十六个字。于是在后面重复加上两句，便于演奏。其歌词曰：

"卿云烂兮，纠缦缦兮，日月光华，旦复旦兮。日月光华，旦复旦兮。"

此歌流行了好一阵子，并产生了一定社会影响。当年上海一著名大学在拟定校名时，从诸多名称中反复挑选，最终从这首歌词中取其二字"复旦"，沿袭至今，驰名中外。

可以看出，我国早期的国歌，旋律大多采用古曲，以旧曲填新词，曲调平和轻快。后来为衬托演奏时铜管打击乐之效果，曲韵中逐渐融入来自欧美式进行曲的风格。

1927年，北伐成功。南京国民政府成立，采用了孙中山早年为国民党制定的党训作为临时代国歌，其词曰：

"三民主义，吾党所宗。以建民国，以进大同。咨尔多士，为民先锋；夙夜匪懈，主义是从。矢勤矢勇，必信必忠；一心一德，贯彻始终。"

此词原是1924年6月孙中山在广州黄埔陆军军官学校开学典礼上对该校师生所作的训词。后由胡汉民、戴季陶、邵元冲等人协助修辞、完善。1927年4月18日，南京国民政府成立后，戴季陶建议将此训词作为中国国民党党歌的歌词，获得国民党中常会的通过，并公开征求乐谱。最后著名音乐家程懋筠的谱曲在139件竞争作品中"脱颖而出"，并得到500银元的奖金。

1929年国民党中常会决议，正式采用孙中山的训词、程懋筠的谱曲为国民党党歌。

新中国成立后，毛泽东、周恩来听取各界关于国旗、国徽、国歌的意见。中华人民共和国教育部第一任部长马叙伦提议用早已广为流传的《义勇军进行曲》作为代国歌，当时部分委员认为需要对歌词进行一些修改，理由是歌词在抗日战争中产生过历史作用，有历史意义，但现在形势已经变了。最后，由毛泽东拍板，决定不改动原歌词。

《义勇军进行曲》原是1935年"上海电通公司"拍摄的故事影片《风云儿女》所作的主题歌。由田汉作词、聂耳作曲，诞生于抗击日本帝国主义侵略的战争年代，曾作为国民革命军200师的军歌，象征着在任何时候任何地点，为捍卫国家和民族的尊严，中华民族的坚强斗志和不屈精神永远不会被磨灭。

　　1966年，田汉因其编写的京剧《谢瑶环》，而被上纲为"反党反社会主义"的大毒草，还被扣上了"叛徒"的帽子。田汉入狱两年后含冤惨死于狱中。

　　田汉如此遭遇之后，包括《义勇军进行曲》歌词在内的所有田汉的作品都遭到禁止。但在各种庄严的场合不能不演奏国歌，于是就出现了一种奇特的现象：当时的国歌只有曲没有词，只能演奏不能唱。

　　1976年"文革"结束后，为填补国歌歌词"空白"的尴尬，由国家文化部牵头，成立"国歌歌词征集办公室"，向全国征集国歌新歌词。经过几个月的征集，在多次讨论会之后，最终出炉的国歌新歌词内容如下：

　　"前进！各民族英雄的人民，伟大的共产党领导我们继续长征。万众一心奔向共产主义明天，建设祖国保卫祖国英勇地斗争。前进！前进！前进！我们千秋万代高举毛泽东旗帜前进！高举毛泽东旗帜前进！前进！前进！进！"

　　新歌词被提交至全国人大讨论，并于1978年3月5日下午在第五届全国人民代表大会第一次全体会议上通过，随即以大会主席团的名义予以公告。但新歌词的传播始终没有打开局面。

　　1978年中央召开十一届三中全会，拨乱反正，田汉获得平反昭雪，恢复名誉。1982年12月4日在全国人大五届五次全体会议上通过的《关于中华人民共和国国歌的决议》说：第五届全国人民代表大会第五次会议决定：恢复《义勇军进行曲》为中华人民共和国国歌。撤销本届全国人民代表大会第一次会议1978年3月5日通过的关于中华人民共和国国歌的决定。恢复田汉作词、聂耳作曲的《义勇军进行曲》为中华人民共和国国歌。

2004年3月14日第十届全国人民代表大会第二次会议正式将《义勇军进行曲》作为国歌写入《中华人民共和国宪法》。（第四章第一百三十六条第二款："中华人民共和国国歌是《义勇军进行曲》。"）

而今，这首诞生于抗日烽火中的《义勇军进行曲》唱响到了21世纪而历久不衰。历史已经证明，它是一部不朽的民族杰作。

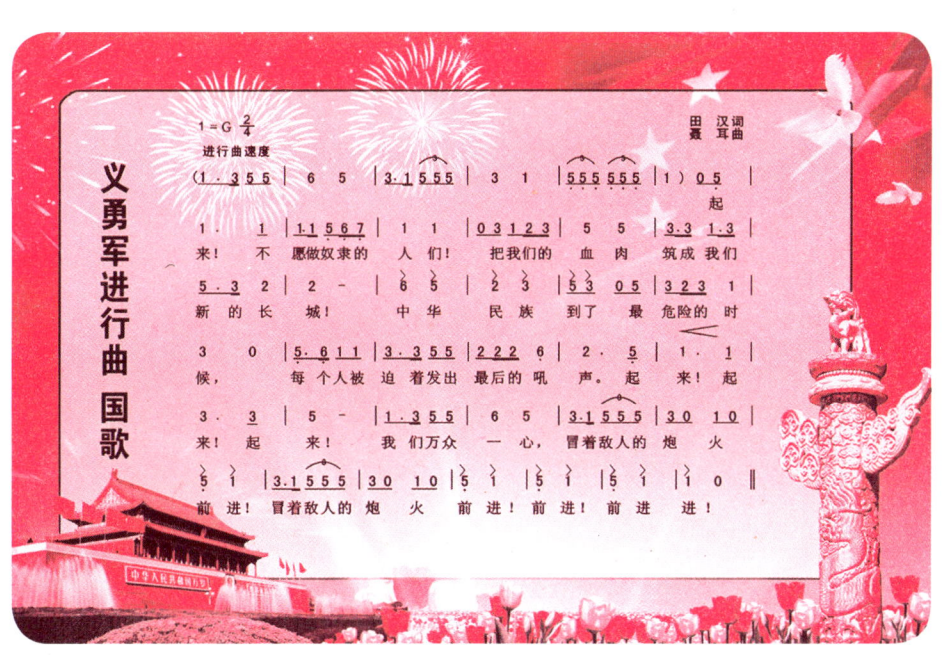

阅读改变了我

文 / 林圣源

高尔基告诉我们："书籍是人类进步的阶梯。"这句话引领着我自由地徜徉在浩瀚的书海中，并从书中疯狂地汲取着知识，这些书中的养分让我成长，也让我悄悄改变！

曾经的我并不爱看书，感觉书枯燥乏味。那时的我一看到白纸上爬满密密麻麻的黑字，就头疼。经过老师和爸妈不断地熏陶，我渐渐爱上了读书。

我的启蒙读物是爸爸给我买的连环画。一幅幅精彩的连环画吸引着年幼的我，让我开始产生阅读兴趣。当体会到书中主人公愉快的心情时，我也情不自禁地跟着高兴起来，当书中的主人公烦恼时，我会绞尽脑汁，为他出谋划策……我从书中了解到什么是真假、善恶、美丑，感受到世界的精彩，这更加激发了我的阅读兴趣，从此对书如痴如醉。

曾经的我，只要看到难题就打退堂鼓，不肯钻研。后来我从《假如给我三天的光明》中，了解到海伦·凯勒的坚强与乐观。一个身受盲聋哑三重痛苦的人，尚且能克服生理缺陷，不仅学会了说话，还学会了用打字机著书和写稿。她虽然是位盲人，但她读过的书却比视力正常人还多。她虽然耳聋，但她比正常人更会欣赏音乐。她向全世界放射出光明，成为了世界瞩目的楷模。作为正常人的我感到羞愧不已，仅仅只是学习上的难题我就退却了，如何去应对未来和生活中的逆境呢？于是我开始改变自己，遇到难题积极与同学讨论或者向老师请教，慢慢找到解题的技巧和方法，遇到类似的问题，尝试举一反三。现在的我还积极参加了奥数的培训，对于各种难题多种多样的处理方法，产生了极大的热情和兴趣。是阅读改变了我思维的方式！

  曾经的我，除了完成课业，闲暇的时间就是看看电视、玩玩电脑，不仅影响视力还虚度了光阴。接触书籍以后，我看到了一个不一样的世界，这是电子产品所不能取代的奇妙世界。通过阅读《朝花夕拾》，我仿佛目睹了鲁迅先生青少年时期的生活片段，感受到他真实而丰富的内心世界与对往事的深情回忆。曹文轩的《草房子》中的那些人物，闪耀在他们身上的人性美，无不让我赞叹。奥斯特洛夫斯基的《钢铁是怎样炼成的》中的保尔·柯察金在战火纷飞的战场，面对生与死的考验，他没有畏缩；在疾风暴雨的建设工地，面对常人难以忍受的劳动和饥寒，他没有倒下；在双目失明、疾病缠身的艰难岁月中，面对书稿丢失的无情打击，他没有屈服。如此钢铁般坚强的意志，使我由衷的敬佩。这本书好似一盏明灯照亮着我，引领着我不断前行。

  是阅读改变了我，让我看到世界的多彩；是阅读改变了我，让我探索世界的奥秘；是阅读改变了我，让我享受了世界的风雨。阅读给了我智慧与力量，为我提供了精神食粮！我阅读，我快乐！

好书推荐

文 / 李晓雨

今天，我要向大家推荐《不上补习班的第一名》这本书，因为这本书可以让我们渐渐学会自律，学会独立自主，学会不依赖长辈。

故事的大致内容是这样的：小米的妈妈总是帮她张罗好所有的事情，从来不让小米分担家务。小米什么事都没尝试过自己做，也没有自己的兴趣，整天懒洋洋地过日子。有一天，班上来了一个新同学智律。智律跟年迈的奶奶相依为命，像个小大人似的，什么事情都自己做。智律不用上补习班，成绩就能保持在全班第一名。小米对智律感到非常好奇，后来发现，该做的事情智律全都会自动自发去完成。

故事中的小米是一个只会依赖父母的孩子，她的妈妈虽然给她报了很多补习班，但成绩一直不是很好。为什么小米会这样呢？是因为小米妈妈的过度溺爱她，导致她总是懒得做事情。在现实生活中，有许多像小米和小米妈妈这样的人，但也有像智律这样的孩子。我们要学习智律的独立自主，做一个不受他人的监管、根据自己的原则和判断达成一件事情的人。

也许有人会问：如何才能做到像智律那样呢？这就需要大家去这本书里寻找了，相信书里一定有大家想要的答案。

一本好书，能启迪人的智慧，荡涤人的灵魂。《不上补习班的第一名》就是一本非常好的书，我推荐大家看一看。

读《语言文字学》有感

文 / 王晓琳

今天阅读了中国人民大学主编、中华人民共和国教育部主管的《语言文字学》这本书，学了不少语言文字这方面的知识，写了这篇读后感，算是个读书笔记吧。

全书共分为四大模块，这四大模块分别是"语言学""汉语言文学""应用语言学"和"翻译学"。"语言学"板块讲述了《广义之网的词汇知识架构与语意表达》和《疑问句的结构类型与反问句的转化关系研究》；"汉语言文字学"部分介绍了汉语中古音、天津话源流、上古汉语动结式的发展、协同动词带宾语及其语义后果、易混淆词辨析词典的研编要则等内容；"应用语言学"模块讲了关于语言的输入、输出和汉—日双语者在日语短语理解中对中国量词的通达的知识；"翻译学"部分则介绍了关于TS等效翻译的语用变通和口译方向性对译语非流利产生的影响的知识。

下面就谈谈我从中学到的语言文字学知识吧。我了解了不少关于广义知网的知识：广义知网是一个事物和语意关联的架构，以二元关系架构来表达词汇的语意，它是以知网的架构为基础演化而来的，我们想利用这个语意表达的模型达到可以自动化理解自然语言的目的；知网是一个以常识为基础，从中英文的词汇里整理出基本概念，并将基本概念依据之间的关系建立索引架构的在线系统，每个概念都可以依据自己的定义和其他概念的关联来定位。我们用来表达词汇语意的广义知网，其建构目标是想要达到自然语言理解的目的。广义知网在定义语意时，有以下几大原则：第一，语意概念应该由上位义原以及本身的显著特色来定义；第二，以义原或已完整定义的概念和关联，来共同定义新的概念；第三，多层次、高层级的表达，可以展开或全部以义原为定义的表达式。我们需要设立规则，希望能够将粗略的句法成功地对应到细致的语意关联上。

我学习了许多关于疑问句和反问句的知识。疑问句按照结构类型可以分为：是非句、特指句、选择句，按功能类型分为反诘句、附加句、回声句、假设问。疑而询问，是疑问句；无疑而问，是反问句；疑而不问，是猜测句。反问句是一种假性问，与真性问的区别是：第一，表层形式是疑问句，深层含义是已有明确看法，实质表示否定；第二，问是手段，对方即使做出回答，也不是发问人的真实意图。语言学家吕叔湘认为："反诘实在是一种否定的方式，反诘句里没有否定词，这句话的用意就在否定；反诘句里有否定词，这句话的用意就在肯定。"反问句具有丰富多变的特殊功能，与否定相辅相成，是对否定的一种强有力的补充，用询问的手段显示说话者的否定倾向，为进一步交际留有一定回旋余地。

汉字中古音研究的最重要依据是《切韵》，中古音指的是《切韵》音系。《切韵》为隋朝音韵学家陆法言编于隋文帝仁寿元年（601），反映7世纪前后南京、洛阳一带的语音系统的一部典籍。《切韵》用反切法注音，声母信息反映而且只反映在反切上字，韵的信息反映而且只反映在反切下字。从《切韵》音到近古音发生了以下规则变化：轻唇音出现；章组与庄组合并为卷舌音；日母由鼻音变为流音；以母与云母合流，零元音出现；浊上归去。

书中还向读者讲述了不少语言文字学方面的知识，内容旁征博引，涵义非常丰富。读了这本书，我更加体会到中华文化的博大精深和源远流长，意识到语言文字研究需要深入挖掘，才能做到融会贯通。从今以后，我会阅读更多语言文字和文学方面的书籍，拓宽课外知识面，努力完成汉语言文学专业的学生应该担负的使命——学好中华文化，传播中华文化，将中华文化发扬光大。前路漫漫，任重道远。路在何方？——路，在脚下。

敦煌壁画中的飞天

摘编／周农

东汉明帝时期,佛教自印度传入中国,伴随而来的还有各种题材丰富的佛教绘画艺术。飞天便是其中之一。飞天,即佛教中以歌舞香花等供养诸佛菩萨的天人,是佛教中乾闼婆和紧那罗的化身。乾闼婆,意译为天歌神;紧那罗,意译为天乐神。他们原是古印度神话中的娱乐神和歌舞神,是一对夫妻,后被佛教吸收为天龙八部众神之一。乾闼婆的任务是在佛国里散发香气,为佛献花、供宝,栖身于花丛,飞翔于天宫。紧那罗的任务是在佛国里奏乐、歌舞,但不能飞翔于云霄。后来,乾闼婆和紧那罗相混合,男女不分,职能不分,合为一体,变为飞天。

在漫长的历史过程中,飞天形象,几乎贯穿我国各地、各个时期的石窟、寺院,以不同风格、不同表现手段、不同绘制时间,形成了一种独立的艺术形式,其中以敦煌石窟中的飞天为最精。

敦煌佛教绘画中的人物造型,大概可分为三大类:第一类是佛像画,是以佛祖释迦牟尼为主,有严格仪轨、供人顶礼膜拜的偶像,其中包括佛、菩萨、罗汉、明王、佛左右的侍从、弟子以及诸天神等。第二类是经变人物画,是以佛经为依据,用图解形式,由画工创造出的故事画。第三类是图案人物画,是画家为了美化洞窟,也是根据佛经提示创造出来的具有装饰性的人物造型,如天宫伎乐、天王、神众、药叉等。飞天即属于第三类。

敦煌飞天是敦煌莫高窟的名片。敦煌飞天在同类题材中跨越时间最长，保存最完整、最集中，数量最多，风格最典型，艺术价值最高，影响也最大。

从敦煌建窟伊始，飞天就出现于壁画中。从十六国北凉至元代，一直延续了一千多年从未间断。由于敦煌石窟地处边陲十分偏僻，远离战火，加上气候干燥，是至今保存最完整的石窟，绝大多数的飞天壁画完好如初。

飞天是敦煌艺术的标志。敦煌为飞天荟萃之地，据统计仅莫高窟492个洞窟，就有270个绘有飞天图像，共计4500身之多。最大的飞天在130窟大佛殿内，每身约2米之高。绘制飞天数目最多的石窟是209窟，共有飞天156身，加上敦煌地区的榆林窟、东西千佛洞等，飞天的数目近6000身之多。

从艺术形象上说，敦煌飞天不是一种文化的艺术形象，而是多种文化的复合体。飞天的故乡虽在印度，但敦煌飞天却是印度文化、西域文化、中原文化共同孕育成的。它是印度佛教天人和中国道教羽人、西域飞天和中原飞天长期交流、融合为一的结果，具有中国文化特色。它不长翅膀，不生羽毛，没有头光，借助彩云而不依靠彩云，主要凭借飘曳的衣裙、飞舞的彩带而凌空翱翔。敦煌飞天可以说是中国艺术家最天才的创作之一，是世界美术史上的一个奇迹。

敦煌早期飞天多画在窟顶平棋岔角、窟顶藻井装饰、佛龛上沿和本生故事画主体人物的头上，如北凉第272窟顶四披和第275窟北壁本生故事画上方的几身飞天。从造型上可看出其艺术特点，头有圆光，脸型椭圆，身材粗短，上身裸露，肩披大巾，腰缠长裙，鼻梁和眼珠上点染白粉以示高光，与西域龟兹（新疆库车）石窟中的飞天形象，在面容、飞动姿态、色彩线描上以及绘制过程等方面均很相似。

北魏时期飞天所画的范围已扩大到说法图中和佛龛内两侧。飞天形象虽然还保留着西域飞天的特点，但已发生了变化，逐渐向敦煌飞天转变。

隋代飞天正处在融合，探索，创新时期。这时的飞天身材修长，比例适度，腰姿柔软，绰约多姿。脸型有的清秀，有的丰圆。有上身半裸的，有穿大袖长袍的，有穿短衬长袍的。有单飞的，有群飞的，有上飞的、下飞的、逆风飞的、顺风飞的……

到了唐代，敦煌飞天已完成了中外吸收、融合的历程，完全形成自己独特的风格，达到了艺术的顶峰。

唐代是我国经济、文化发展的高峰时期。此时社会安定，经济繁荣。佛教文化成为当时社会主体的意识形态。在朝廷、官署、民间三结合的推动下，全国寺院林立，建窟造像以显示功德，已成社会风尚。所以从初唐之后，飞天就进入高潮。洞窟中原来的天宫伎乐、尚窟上方四周的宫门栏墙从此消失，位置为飞天取而代之。同时在藻井四周、龛楣背光处，说法图上端，都必画飞天，并成为固定程式。

此时飞天已全部女性化，成为翩翩起舞的仙女形象，因此而成为脸型丰满、姿态妩媚、明眸皓齿的宫廷贵族仕女写照，这时的飞天衣饰、发髻雍容华贵，人体比例适当。上身均裸露，下为长裙，飘带旋迥，衣纹流畅。这个时期的飞天乐伎剧增，所持乐器的品种亦多样，而且极具演奏情态。托花盘、香炉，散花飞天甚多。其中321窟西壁的佛龛南侧双飞天最为生动、优美。这两身飞天的肤体虽然变成绛黑色，但眉目轮廓及体形、姿态、线条十分清晰，身材修长，昂首挺胸，双腿上扬，双手散花，衣裙飘带随风舒展，由上而下，徐徐飘落，像两只在空中游荡的双燕，堪称绝世佳作。

从晚唐进入五代，飞天创作意识日渐淡薄，多为因袭前朝之作，绘制水平下降，但仍然不乏富丽堂皇的场面。从动态和装饰上看，已趋于平庸和衰落。人物造型已不是那么丰满婀娜，转为清瘦素雅，已无盛唐那种昂扬、激荡之势，略有呆板、沉重之感，程式化倾向已开始显露。

五代、宋以后的飞天，在造型动态上无所创新，逐步走向公式化。飞天的风格特点虽不同，但一代不如一代，逐渐失去了原有的艺术生命。

敦煌之所以为世界瞩目，在于它曾汇集了大量的古代艺术家，用了近千年的时间，完成了宏伟壮观的传世杰作。敦煌地区石窟保存的从公元4世纪（十六国）到14世纪（元代）历时千余年的众多飞天形象，是民族艺术的瑰宝，是佛教艺术中璀璨夺目的一朵奇葩。

穿行在唐诗宋词里的清明

文 / 匡天龙

清明,农历二十四节气之一。《历书》中说:"春分后十五日,斗指丁,为清明,时万物皆洁齐而清明,盖时当气清景明,万物皆显,因此得名。"

清明的景色是桃花春雨中的浪漫。明末清初江南上元女僧介石曾做了这样一首诗。"桃花雨过菜花香,隔岸垂杨绿粉墙。斜日小楼栖燕子,清明风景好思量。"清明,天气清而且明,淅淅细雨刚飘过,菜花的芬芳又至,岸边的垂柳映绿了墙壁,小楼的房檐下躲着几只燕子,风景实在太美了。这首七绝用白描手法,描绘了清明风景,虽然写的都是凡琐小事,平淡事物,却清新可喜,让人过目不忘。

清明节是我国传统节日,也是最重要的祭祖和扫墓的日子。白居易的《寒食野望吟》生动地记录了那一幕幕苍凉。"乌啼鹊噪昏乔木,清明寒食谁家哭。风吹旷野纸钱飞,古墓垒垒春草绿。棠梨花映白杨树,尽是死生别离处。冥冥重泉哭不闻,萧萧暮雨人归去。"生死离别才是人世间最痛苦的事情,当心痛得剧烈,就连哭声都不可闻,只有落寞的背影在风雨中颤抖。

清明苍凉的气氛也并不是完全的压抑,总有一些诗是那么豁达,仿佛看透了人间悲欢离合,但求一身潇洒。唐朝杜牧的《清明》就是这样的一首诗。"清明时节雨纷纷,路上行人欲断魂。借问酒家何处有?牧童遥指杏花村。"清明时节的雨纷纷落下，去祭奠的行人们伤心断肠，这样的情景千年不曾变，可是那个买酒的人却只能在牧童遥指的杏花村里痴痴凝望。

宋朝的王禹俏的《清明》"无花无酒过清明，兴味萧然似野僧。昨日邻家乞新火，晓窗分与读书灯。"描写清明时亲人不在身旁，与书为伍，飘远了浮华的灯红酒绿，心沉浸在书香里，自有一番风味在其中。

清明的诗里还有很多是警示世人的。宋朝黄庭坚的《清明》。"佳节清明桃李笑，野田荒冢自生愁。雷惊天地龙蛇蛰，雨足郊原草木柔。人乞祭余骄妾妇，士甘焚死不公侯。贤愚千载知谁是，满眼蓬蒿共一丘。"全诗的意思是说"清明时节，春雷万钧，惊醒万物。春雨绵绵，桃李盛开，使大地上一片碧草芬芳。从古到今，有的人乞食祭品并引以为荣，有的人却甘心被焚死也不做公侯，千古的贤和愚都在人的心中品论。"黄庭坚由清明的百花盛开想到荒原的逝者，想到人生的价值。无论智愚高低，最后都是蓬蒿一丘，可是人生的意义却大不相同。

唐诗宋词里的清明，带着淡淡的清雅和浓浓的风韵，走入寻常人家，千古流传。

《富春山居图》背后的故事

摘编/艺妮

《富春山居图》始画于至正七年（1347），于至正十年完成。是元代著名书画家黄公望的一幅名作，也是黄公望画作之冠。

黄公望，字子久，号一峰，大痴道人，常熟（今属江苏）人。出生于公元1269年，他幼年时父母双亡，幸运的是因为他聪明伶俐，当地一位乡绅非常喜爱他，把他收养了。这位乡绅收养他时年龄已经很大，就为他取名黄公望，意为黄公望子。尽管被收养后，黄公望摆脱了无依无靠的境遇，但他的青少年时期也并没有因此而一帆风顺。40岁的时候，黄公望经朋友介绍，到浙西做了一个宪吏。但没做多久，就因上司贪污案受牵连，被诬入狱。出狱后，他对官场心灰意冷，便离开官场。从此过上寄情于山水之间的隐士生活，吟诗作画乐在其中，并曾以卖卜为生。

黄公望学画生涯起步较晚。31岁开始作画，由于际遇的坎坷，到50岁左右，也就是出狱后才专心从事山水画创作。由于他热爱自然，又有较全面的文化修养，早期在临摹众多的古代名家作品中练就了深厚的功力，胸中积累博大精深，所以，他一起步便显示出了艺术上的高格调。

他的山水画大致有两种风格：一作浅绛色，山头多岩石，笔势雄伟；一作水墨，皱纹较少，笔意简远逸迈，充分体现出"寄兴于画"的思想和"浑厚华滋"的笔墨效果。

　　黄公望与富阳有着不解之缘。他遍游名山大川，却独钟情于富春山水，晚年结庐定居富春江畔的筲箕泉（今富阳市东郊黄公望森林公园内），在这里度过了他人生最辉煌的时期，留下了一大批杰作。从此，黄公望的名字与美丽的富春江紧密地联结在一起，富春江是造就他成为一代大师的摇篮，而他也为美丽的富春江增添了夺目的光彩。

《富春山居图》是黄公望79岁高龄时开始创作的。这幅纵33厘米、横636.9厘米的长卷，是他生活在富阳，又以富春江为题材推出的力作。为了画好这幅画，黄公望终日不辞辛劳地奔波于富春江两岸，观察烟云变幻之奇，领略江山钓滩之胜，并身带纸笔，遇到好景，随时写生，富春江边的许多山村都留下他的足迹。

这件宏幅巨制直到他谢世前不久才告完成，前后倾注了大约7年的心血，这是画家与富春山水情景交融的结晶。展开画幅呈现在我们面前的是富春江一带秋初景色：丘陵起伏，峰回路转，江流沃土，沙町平畴。云烟掩映村舍，水波出没渔舟。近树苍苍，疏密有致，溪山深远，飞泉倒挂。亭台小桥，各得其所，人物飞禽，生动适度。整幅画简洁明快，虚实相生，具有"清水出芙蓉，天然去雕饰"之妙，集中显示出黄公望的艺术特色和心灵境界，被后世誉为"画中之兰亭"。

元代以来，历代书画家、收藏家、鉴赏家，乃至封建帝皇权贵都对《富春山居图》推崇备至，并以能亲眼目睹这件真迹为荣幸，使得这卷宝图既备受赞颂，也历尽沧桑。

1350年黄公望将此图题款送给无用上人。《富春山居图》从此开始了它在人世间600多年的坎坷历程。

明成化年间，《富春山居图》传到画家沈周手里。自从得到这件宝贝，沈周就爱不释手，把它挂在墙上，反复欣赏、临摹，看着看着，就看出了点问题：画上没有名人题跋。于是，沈周把画交给一位朋友题跋。谁知这位朋友的儿子，见画画得这么好就生了歹念，把画偷偷卖掉，还愣说画是被人偷走了。

一次偶然的机会，沈周在画摊上见到了被卖掉的《富春山居图》，就连忙跑回家筹钱买画。然而当他筹集到钱返回画摊时，画已经被人买走了。沈周只得背临一卷以慰情思。

此后，沈周丢失的《富春山居图》犹如石沉大海，在相当长的时间里没有消息。它再次出现时,是被明代大书画家董其昌收藏。董其昌晚年又把它卖给了收藏家吴洪裕的爷爷吴正志。

清顺治年间,这幅画传到吴洪裕手上,吴洪裕得到这幅画之后对其珍爱之极。战乱期间,吴洪裕置其家藏于不顾,唯独随身带了《富春山居图》和《智永法师千字文真迹》逃难。后来,吴洪裕临终之际心里还念念不忘这幅心爱的山水画,让人取出来再看上最后一眼后,吃力地吐出一个字:烧。说完,慢慢闭上了眼睛。在场的人都惊呆了,老爷这是要焚画殉葬呀!于是,这幅在吴府里已经传承了三代,被吴家老少视为传家宝的《富春山居图》,在众目睽睽之下被丢入火中,火苗一闪,画被点燃了!

就在这幅画即将付之一炬的危急时刻,从人群里猛地窜出一个人,"疾趋焚所",抓住火中的画用力一甩,"起红炉而出之",愣是把画抢救了出来,这个人就是吴洪裕的侄子,名字叫吴静庵(字子文)。为了掩人耳目,吴静庵又往火中投入了另外一幅画,用偷梁换柱的办法,救出了《富春山居图》。

《富春山居图》虽然被救下来了,但画中间却烧出几个连珠洞,断为一大一小两段,此画起首一段已烧去,所幸存者,也是火痕斑斑了。从此,稀世国宝《富春山居图》一分为二。

1652年,吴家子弟吴寄谷得到后,将此损卷烧焦部分细心揭下,重新接拼后居然正好有一山一水一丘一壑之景,几乎看不出是经剪裁后拼接而成的。于是,人们就把这一部分称作《剩山图》。而保留了原画主体内容的另外一段,在装裱时为掩盖火烧痕迹,特意将原本位于画尾的董其昌题跋切割下来放在画首,这便是《富春山居图·无用师卷》。至此,原《富春山居图》被分割成《富春山居图·剩山图》和《富春山居图·无用师卷》长短两部分,身首各异。

重新装裱后的《剩山图》,在康熙八年(1669)被收藏家王廷宾重金购得，后来便辗转于诸收藏家之手，长期湮没无闻。至抗日战争时期，为近代画家吴湖帆所得。画家吴湖帆曾用古铜器商彝与人换得《剩山图》残卷，十分珍惜，从此自称其居为"大痴富春山图一角人家"。当时在浙博供职的西泠书画院院长沙孟海得此消息后，心情颇不平静。他想，这件国宝在民间辗转流传，因受条件限制，保存不易，只有国家收藏，才是万全之策。于是数次去上海与吴湖帆商洽，晓以大义。吴得此名画，本无意转让，但最后还是被沙老的至诚之心感动，终于同意割爱。于是，1956年，画的前段来到浙江博物馆，成为浙江博物馆"镇馆之宝"。

《富春山居图·无用师卷》在1746年被乾隆皇帝以不菲的价格买下收藏，然后在乾清宫静静地存放了近200年。1948年，因为战乱，《无用师卷》随着大批文物辗转到中国台湾，从此一幅画卷分隔两地，台北故宫博物院、浙江博物馆都把它们视为压箱底的宝贝，不轻易示人，因此很少有人能看到两段真迹。

2011年6月1日，来自于浙江省博物馆的镇馆之宝《剩山图》到达台北国立故宫博物院，与这里珍藏的《无用师卷》合璧展出。至此，这幅600多年前的古作，在断为两半300多年之后，双卷合璧，山水梦圆。

《周易》的故事

摘编 / 艺和

远古的时候，人们对天上为什么会下雨下雪、打雷打闪，地上为什么会刮大风、起大雾不清楚是怎么回事。首领伏羲通过长期对天地宇宙万物的观察和思考后发现，宇宙万物之间有一个规律。那时人类没有文字，为了表达这个规律，聪明的伏羲便用符号"-"表示。"-"是太极，是道，是天地未分时物质性的混沌元气。伏羲认为世间的一切都是由"-"这个整体衍生出来的。太极"-"动而生阳，阳就是阳爻，用"——"表示，阳为奇数；太极"-"静而生阴，阴就是阴爻，用"— —"表示，阴为偶数。一阴一阳就是两仪。伏羲认为阴阳是构成宇宙万事万物最基本的元素。

然而宇宙万物之间的阴阳到底是怎么转换的呢？转换的规律是什么呢？伏羲想来想去，咋也想不出个头绪来。

有一天，伏羲在河边捕鱼，逮住一个白色的龟。这只龟龟形近圆，龟爪像龙，周身洁白，玲珑剔透。龟身上的纹理错落有致：中央有5块，周围有8块，龟盖外围有24块，腹底12块。

伏羲认为这只白龟是个神物，所以就没有把白龟吃掉，而是挖了个池子，把白龟放养在池子里。伏羲每次逮些小鱼虾去喂白龟时，白龟都会凫到伏羲跟前，趴在坑边不动弹。伏羲没事儿就坐在坑沿儿，边看白龟边思考宇宙万物之间的规律。

有一天，伏羲折一根草秆儿，在地上比着白龟盖上的花纹画。画着画着，竟画出了四象，即少阳、老阳、少阴、老阴。然后，他在四象的基础上，用一通道儿当阳，一断道儿当阴，一阳二阴，一阴二阳，来回搭配，画来画去，竟产生8种新的符号——八卦图，即先天八卦。

八卦图画出来后，伏羲把象征金、木、水、火、土的"五行"按照龟盖中央的5块纹理的秩序排列出来；把象征八卦的"乾、艮、震、巽、坎、离、坤、兑"按龟身周围8块的纹理秩序排列出来；把象征二十四节气的符号按照龟盖外围24块的纹理秩序排列出来；把象征十二地支的子、丑、寅、卯、辰、巳、午、未、申、酉、戌、亥按照龟腹底12块纹理的秩序排列出来。

那时，人们靠打渔、狩猎过日子。一个人出去打渔、狩猎最怕的是半路上碰到激烈的天气变化，来不及逃生。所以，很多人出门打渔、狩猎时，都要去问首领伏羲天气如何。在一次又一次的精确预测出天气后，人们对伏羲越来越信赖，问天气的人也越来越多，伏羲来不及应付，就说："从明天开始，我在村口的大树上挂了一个图像，你们一看图像就知道明天是什么天气。"

从此以后，每天伏羲都会用八卦图分别把代表8种最基本的自然现象挂在村口。村民每次出门时，只要去村口看一眼八卦画，就知道出门后会不会遇到恶劣天气了。

伏羲的八卦图即"乾，坤，震，巽，坎，离，艮，兑"。

乾代表天。天是以三个阳爻留有一定的空间垒叠而成为"乾卦"，三是个概数，以此表示不知天有多高，即天有看不见的上空。

坤代表地。"地"是以三个阴爻垒叠而成为"坤卦"。意思是，不知地有多深。地上也有沟壑、山川、河流、湖泊、崖石、山洞等。

震代表雷。当时人们最敬畏雷，所以，以两个阴爻覆盖着一个阳爻表示。意味着雷声震耳、电光闪闪，能撕破天的形象。

巽代表风。当时人们认为风在天下流动，所以，以两个阳爻覆盖在一个阴爻之上表示。因为人们最清楚洞穴里有风，山川里有风，山头上有风，广阔的平地上也有风。

坎代表水。坎卦中间一个阳爻，上面一个阴爻，下面一个阴爻。中间的阳爻象征河道，上、下面的阴爻就象征是流淌着的水。

离代表火。离卦中间一个阴爻，上面一个阳爻和下面一个阳爻。离卦意会为燧人氏的钻木取火，两个阳爻是为两条树木，阴爻是从中钻出来的火苗。当时人们看到山火的肆虐，火山的爆发，以及木棍上火苗的飘动，普遍认为火是流动的。所以，用两个阳爻夹着一个阴爻表示。

艮代表山。艮卦是一个阳爻在上，两个阴爻在下面，突出的是天底下的山，地上的山。艮卦不仅可以理解为"山在天底下、天底下的山"，还可以理解为"山上面是天，地上面是山"等概念。

兑代表泽。兑卦是一个阴爻在上面，两个阳爻在下面。这两个阳爻，可以理解是盛水的地方或器皿。当时人们认为水是从天上落下来的，水是流动的、无孔不入的，所以，一般薄的器皿盛不住它，会漏，需要用两个阳爻来代表盛水的木制、陶制器皿或厚实的泽地或湖库。

八卦图虽然能代表世间万物的八种基本性质，但世间具体的事物则是无穷无尽的，不可能只有8种，渐渐地，用于反映天道规律的伏羲先天八卦不能准确反映越来越复杂的人类社会规律了。

商末的时候，国君商王纣昏庸无道，西部诸侯长姬昌广施仁德，礼贤下士，发展生产，深得人民的拥戴。由此引起商王纣的猜忌和不满，纣王听信谗言，将姬昌囚禁于当时的国家监狱——羑里城。

姬昌最初入狱的那些天，因气愤难息而在这所高出地面5米的台形监狱里不停地踱步。最后,他镇静下来,明白不管心中多么不满和气愤,他也必须接受眼下的现实——暂时无法走出这座监狱。既然如此,那就找点事做吧,要不然,怎么度过漫长的白天和夜晚?可在监狱里有武士在监督着,能做成什么事呢?这时,他想起了伏羲的八卦,想起了八卦中的乾、坤、震、巽、坎、离、艮、兑,于是他依此琢磨,开始了自己的发现和创造。

姬昌被关了整整7年。在这两千多个日夜里,姬昌用监狱地上长的蓍草作为工具,从自然界选取了天、地、雷、风、水、火、山、泽8种自然物,作为万物生成的根源;然后把世上千变万化、纷纭复杂的事物,抽象为阴阳两个基本范畴;他把刚柔相对、变在其中,作为自己对世事和人生的基本看法,最后,姬昌将八卦两两相叠,构成64个不同的六划组合体,即"六十四卦"(也称"别卦"),每卦中的两个"八卦"符号,居下者称为"下卦",也称"内卦",居上者称为"上卦",也称"外卦"。

"六十四卦"每卦共有6条线条,称为"爻"。"爻"的原意也就是阴阳之交变。"— —"称为"阴爻",以"六"表示;"——"称为"阳爻",以"九"表示。六爻的位置称为"爻位",自下而上分别为"初""二""三""四""五""上"。

另外,周文王还在每一卦卦形符号下面写上文辞,即卦爻辞,其中卦辞每卦一则,总括全卦大意,爻辞每爻一则,分指各爻旨趣。六十四卦共有三百八十四爻,因而相应的也有六十四则卦辞和三百八十四则爻辞(由于乾、坤两卦各有"用九"和"用六"的文辞,故将其并入爻辞之中,即总计三百八十六则爻辞)。

通过这六十四卦和三百八十四爻,周文王把自己如何立志,如何心怀天下,如何为人处事,如何交友,如何走出逆境,如何治理国事,如何居安思危,如何对待婚姻、家事,等等,时而借喻,时而象征，时而真发感叹，时而暗指影射，把自己所欲表达的东西寄寓在卦辞和爻辞上。

周文王出狱后，这部披着占筮外衣的著述终于问世了。这部著述就是被称为"群经之首，大道之源"的《周易》。

由于《周易》成书很早，文字含义随时代演变，《周易》的内容在春秋战国时便已不易读懂了，于是，那时候出现了很多专门研究《周易》的易学家。

至圣先师孔子起初并没有学《周易》，一次，他偶然间用周易占卜自己的命运，占得一卦为"火山旅"。他便以此卦请教于经通《周易》的商瞿。

商瞿对他说："'旅'卦的象辞曰：'小亨，柔得中乎外，而顺乎刚，止而丽乎明。'意思是虽有太阳般的光明但却静止不动。您占这卦表明，您虽然具有圣人的智慧，集大道于一身，却没有权威的地位，不能施行于天下。"

孔子听后长叹道："凤凰不向此地飞来，黄河没有龙图出现，这真是天命啊！"

从那以后，孔子开始反复研读《易》。春秋时的书，主要是以竹子为材料制造的，把竹子破成一根根竹签，称为"竹简"，用火烘干后在上面写字。一根竹简只能写一行字，多则几十个，少则八九个。一部书要用许多竹简，这些竹简必须用牢固的绳子之类的东西编连起来才能阅读。像《易》这样的书，是由许许多多竹简编连起来的。

孔子花了很大的精力，把《易》全部读了一遍，基本上了解了它的内容。接着又读第二遍，掌握了它的基本要点。再接着，他又读第三遍，对其中的精神、实质有了透彻的理解。在这以后，为了深入研究这部书，也为了给弟子讲解，他不知翻阅过多少遍。这样读来读去，把串连竹简的牛皮带子也给磨断了几次，不得不多次换上新的再

使用。

即使读到了这样的地步,孔子还谦虚地说:"假如让我多活几年,我就可以完全掌握《易》的文与质了。"

透彻理解《易》的精神和实质后,孔子写下了10篇观后感:《彖传》上下、《象传》上下、《文言》《系辞传》上下、《说卦传》《序卦传》《杂卦传》,共计7种10篇。这10篇观后感被后人称为《十翼》,又称为《易传》,以解读《易经》。

《周易》是我国一部古哲学书籍,亦称易经,简称易,"周"有周密、周遍、周流等意。另有说"周"是"周普"的意思,即无所不备,周而复始。也有人认为《易经》流行于周朝故称《周易》,还有人依据《史记》的记载"文王拘而演周易",认同《易经》乃周文王所著,所以叫《周易》。"易"一说由蜥蜴而得名,为一象形字;一说在西周,易即雅乐,是统治阶级驾驭黎民百姓、维护宗法制度的手段和工具;还有说,日月为易,象征阴阳,揭示阴阳循环交替之理。另外,易也有日出、占卜、变易、变化、交易、恒常的真理"道"的意思。

《周易》的内容主要包括"经"和"传"两部分。"经"部分,主要是六十四卦的卦形符号与卦爻辞。"传"实际上是阐释《周易》经文的专著,即《彖传》上下、《象传》上下、《文言》《系辞传》上下、《说卦传》《序卦传》《杂卦传》,共计7种10篇。因"传"阐发经文大义,如本经之羽翼,故汉人称之"十翼",后世统称《易传》。

关于《周易》的作者和成书年代向有争议。《汉书·艺文志》提出"人更三圣,世历三古"之说,认为我国人文始祖伏羲氏画八卦,西周奠基人周文王演六十四卦、作卦爻辞,至圣先师孔子作传解经。

《周易》是一部古老而又灿烂的文化瑰宝,古人用它来预测未来、决策国家大事、反映当前现象,上测天,下测地,中测人事。然而《周易》占测只属其中的一大功能,其实《周易》囊括了天文、地理、军事、科学、文学、农学等丰富的知识内容。只要能读懂《周易》，无论是哪一行从业者都能在其中汲取智慧的力量。

　　作为我国文化的源头活水，《周易》的内容极其丰富，对我国几千年来的政治、经济、文化等各个领域都产生了极其深刻的影响。无论孔孟之道、老庄学说，还是《孙子兵法》，抑或是《黄帝内经》，无不和《易经》有着密切的联系。一代大医孙思邈曾经说过："不知易便不足以言知医。"可以一言以蔽之：没有《易经》就没有我国的文明。作为我国最古老的文献之一，《易经》在西汉时被儒家尊为"五经"之首，在我国文化史上享有最崇高的地位。

民国四大才女

摘编 / 晓月

民国时期涌现出了众多才华横溢的优秀女性，其中的吕碧城、萧红、石评梅和张爱玲被称为"民国四大才女"。

吕碧城

吕碧城（1883—1943年），安徽旌德人，生于1884年。父亲吕凤歧是光绪三年进士，曾任山西学政，家学渊源。吕家有姐妹四人，吕碧城是老三。吕碧城和她的姐姐吕惠如、吕美荪都以诗文闻名于世，号称"淮南三吕，天下知名"。

吕碧城12岁时，诗词书画的造诣已达到很高水准，当时有"才子"美称的樊增祥读了吕碧城的诗词，不禁拍案叫绝。当有人告诉他这其实只是一位12岁少女的作品时，他惊讶得不能相信。

1895年，吕碧城的父亲吕凤歧去世，此后不久，吕碧城的母亲带着4个尚未成人的女儿投奔在塘沽任盐运使的舅父严凤笙。

1903年春，20岁的吕碧城有意到天津市内探访女学。思想守旧的舅父严辞骂阻，吕碧城一时激愤，第二天就逃出了家门，独自一人踏上了去往天津的火车。身无分文、举目无亲的吕碧城，在去往天津的火车上，熟识了佛照楼旅馆的老板娘，到达天津后，就暂住在她家中。由于没有经济来源，吕碧城的生活一时陷入困境，无奈之下，吕碧城写信向居于《大公报》报馆的方夫人求援。这封信恰好被《大公报》总经理英敛之看到。英敛之一看信，即为吕碧城的文采所倾倒，连连称许。不仅如此，爱才心切的英敛之还亲去拜访，问明情由，对吕的胆识甚是赞赏，并当即约定聘请她任《大公报》见习编辑。从此，吕碧城就走上了独立自主的人生之路。

吕碧城到《大公报》仅仅数月，就在报端屡屡发表诗词作品。她的诗词作品格律谨严，文采斐然，颇受诗词界前辈的赞许。接着，她又连续撰写鼓吹女子解放与宣传女子教育的文章，如《论提倡女学之宗旨》《敬告中国女同胞》《兴女权贵有坚韧之志》等，在社会上引起了强烈的反响，吕碧城也因此在文坛崭露头角，声誉鹊起。她在诗文中流露的刚直率真的性情以及横刀立马的气概，深为时人尤其是新女性们所向往和倾慕。一时间，出现了"到处咸推吕碧城"的盛况。

1908年，光绪与慈禧先后亡故，一大批人为之惶惶不安，似乎慈禧一死，国家就失去了主心骨，不知如何办才好。这时却有人填了一阕《百字令》登在报上，痛斥慈禧，说她在主朝的近半个世纪中，把大清皇朝的江山搞得一塌糊涂，把中国边疆的大片领土、国库中的大把银钱送给帝国主义国家，她到阴曹地府，一定怕和汉高祖的吕后、唐朝的武则天见面。这首词使清政府十分恼火，成为轰动一时的新闻。而这首词的作者就是当时年轻的吕碧城。

1904年到1908年，吕碧城借助《大公报》这一阵地，积极地为她的兴女权、倡导妇女解放而发表大量的文章和诗词。她结识了大批当时的妇女运动领袖人物，与秋瑾尤其交好。

1907年春，秋瑾主编的《中国女报》在上海创刊，其发刊词即出于吕碧城之手。1907年7月15日，秋瑾在绍兴遇难。吕碧城用英文写了《革命女侠秋瑾传》，发表在美国纽约、芝加哥等地的报纸上，引起颇大反响。吕碧城与秋瑾的交往也引起了官方注意，以致当时的直隶总督袁世凯一度起了逮捕吕碧城的念头。只是由于找不到恰当的借口，才没有实行。

除了在《大公报》积极宣扬女权，做妇女解放思想的先行者，吕碧城还在办女学的实践上，积极筹办北洋女子公学。首先，吕碧城发表多篇言论以作舆论宣传，宣扬兴办女学的必要性和重要性。她把兴女学提到关系国家兴亡的高度，以此冲击积淀千年的"女子无才便是德"的陈腐观念。反过来说，女权运动的兴起，恰恰证明了社会上男女观念的不平等，"欲使平等自由，得与男子同趋于文明教化之途，同习有用之学，同具强毅之气。"吕碧城认为办女学，开女智，兴女权才是国家自强之道的根本。

为了实践自己的理论，吕碧城积极筹办女学，英敛之介绍她认识严复、严范孙、傅增湘等津门名流，以求支持和帮助。在天津道尹唐绍仪等官吏的拨款赞助下，1904年9月，"北洋女子公学"成立，吕碧城任总教习。两年后，"北洋女子公学"改名为"北洋女子师范学堂"，年仅23岁的吕碧城任监督（相当于今天的"校长"），为中国女性任此高级职务的第一人。吕碧城在这所当时女子的最高学府，从教习提任到学校的监督，一待就是七八年。她把中国的传统美德与西方的民主、自由思想结合起来，把中国的传统学问与西方的自然科学知识结合起来，使北洋女子公学成为中国现代女性文明的发源地之一。她希望她所培养的学生将来也能致力于教育和培养下一代，为一个文明社会的到来尽各自的力量。周恩来的夫人邓颖超曾经在这里亲聆吕碧城授课。

吕碧城的志向不仅在于教育，还有振兴国家的宏愿。在许多文章中，她都谈到怎样建立一个强国的想法。她认为在这竞争的世界，中国要想成为一个强国就必须四万万人合力，因此不能忽视二万万女子的力量。解放妇女，男女平权是国之强盛的唯一办法。她希望用自己的力量影响世人，济世救民。1912年袁世凯在北京出任民国临时大总统，吕碧城被聘为总统府秘书，她雄心勃勃，欲一展抱负，但是黑暗的官场让她觉得心灰意冷，等到1915年袁世凯蓄谋称帝野心昭昭时，吕碧城毅然辞官离京，移居上海。她与外商合办贸易，仅两三年间，就积聚起可观财富。可见她不只是才学过人，同时也有非凡的经济头脑。

1918年吕碧城前往美国就读哥伦比亚大学，攻读文学与美术，兼为上海《时报》特约记者，将她看到的美国之种种情形发回中国，让中国人与她一起看世界，四年后学成归国。1926年，吕碧城再度只身出国，漫游欧美，此次走的时间更长，达7年之久。她将自己的见闻写成《欧美漫游录》（又名《鸿雪因缘》），先后连载于北京《顺天时报》和上海《半月》杂志。吕碧城两度周游世界，写了大量描述西方风土人情的诗词，脍炙人口，传诵一时。她的诗词造诣深厚，尤擅填词，字字珠玑，吟咏自如，被誉为"近三百年来最后一位女词人"。传世著作有《吕碧城集》《信芳集》《晓珠词》《雪绘词》《香光小录》等。

1928年，吕碧城参加了世界动物保护委员会，决计创办中国保护动物会，并在日内瓦断荤。1929年5月，她接受国际保护动物会的邀请赴维也纳参加大会，并盛装登台作了精彩绝伦的演讲，与会代表惊叹不已。在游历的过程中，吕碧城不管走到哪里，都特别注重自己的外表和言行，她认为自己在代表中国二万万女同胞，她要让世人领略中国女性的风采。此后，她周游列国，宣讲动物保护的理念，成为这一组织中最出色的宣传员。

吕碧城虽姿容优雅，但终身未婚，其后逐渐对宗教产生兴趣。1930年，吕碧城正式皈依三宝，成为在家居士，法名曼智。1939年，第二次世界大战爆发，吕碧城由瑞士返回香港。1943年1月24日，她在香港九龙孤独辞世，享年61岁。

萧红

萧红（1911—1942年），原名张乃莹，笔名萧红、悄吟，出生于黑龙江省呼兰县一个地主家庭。幼年备受父亲虐待、继母冷眼，年幼时一直住在祖父家，与祖父相依为命。长大后因受不了包办婚姻，离家出走，困窘间向报社投稿，并因此结识报社青年编辑萧军，两人相爱，萧红也从此走上写作之路，两人一同完成散文集《商市街》。1934年，萧红完成长篇《生死场》，在鲁迅帮助下作为"奴隶丛书"之一出版。萧红由此取得了在现代文学史上的地位。

石评梅

石评梅（1902—1928年），原名汝壁，山西省平定县城关人。父亲石铭是清末举人，其家庭为平定城内一个书香门第。

石评梅自幼聪颖好学，很受父母喜爱，从三四岁开始，父亲就教她认字，每晚坚持不断。遇到教的字没有认熟时，即便是深夜，严父也不许她去睡，直到念熟为止。后来石评梅进了小学，白天和孩子们一起上课，晚上放学以后，她父亲仍然教她读《四书》《诗经》等。正是由于童年时代父亲严正的教育，使得石评梅打下了坚实的国文根底，为她以后从事文学活动打下了基础。

辛亥革命后不久，石评梅的父亲石铭到省城太原山西省立图书馆任职，于是评梅随父来到太原，进入太原师范附属小学就读，附小毕业后直接升入太原女子师范学校读书。在学校里她学业突出，被誉为才女。

1919年暑假，石评梅从太原女师毕业，考入北京女子高等师范学校。到北京后，她本来要报考女高师的国文科，但是当年女高师国文科不招生，她便改考体育系。

石评梅到北京时，正值"五四"爱国运动以后不久，新文化、新思潮方兴未艾。就文学革命而论，鲁迅等已发表了一系列新文学作品，白话文已开始取代文言文。封建旧道德、旧礼教受到强烈冲击，民主与科学已成为思想进步青年心目中新的旗帜。在新思潮的影响下，石评梅一方面在女高师勤奋学习课业，一方面即开始写诗和散文向各报刊投稿。1921年12月20日，石评梅的诗歌《夜行》在山西大学"新共和学会"办的刊物《新共和》第一卷第一号上正式刊出。

1920年在山西同乡会上，石评梅结识了北京大学学生、五四运动健将、山西籍最早的共产党人高君宇。这是石评梅一生中又一重大转折点。在同乡会交谈中，她得知他们父辈即有交谊。他乡遇故友，格外亲切，于是二人便建立了友谊，经常通信，谈思想，谈抱负。由于思想深交，高君宇认为石评梅是一个才情十分可取的女子，便由友情转成了爱情。石评梅也视高君宇为知己。

1923年5月下旬到6月下旬，石评梅与体育系12人、博物系14人组成"女高师第二组国内旅行团"南下旅游，她们沿京汉铁路，经保定、武汉、南京、上海，从青岛、济南返回北京。返校后，石评梅写了一篇五万余字的长篇游记《模糊的余影》，连载于《晨报副刊》1923年9月4日到10月7日。

同年，石评梅完成学业，走出女高师"红楼"。她接受师大附中聘请担任女子部学级主任和体育教员、国文教员，后来还在春明女校、女一中、若瑟女校、师大等校兼任教员和讲师。北京师大附中从1921年开始男女同校。1923年石评梅担任女子部主任后，在管理上她采取理智指导、真情感化的方法，使学生心悦诚服接受规则约束。在教学上她是无时无刻不在想尽方法，使学生有所受益。她平时担任的教学课时很多，但是她无论怎样忙碌，从来没有对学生的课程敷衍过，常常在深夜里为学生批改作业，第二天一早又到学校去上课，由此受到学生的爱戴和同人的尊敬。

1925年3月,高君宇因病逝世。高君宇的突然病逝,对石评梅精神上是一个巨大的打击,但是石评梅并没有沉沦下去,悲痛之余,她严肃认真地思考社会和人生,逐渐理解高君宇所从事的事业,精神开始振作起来。

1928年9月18日,石评梅在北京西栓马桩八号寓所发病,不久开始昏迷。23日由日本山本医院转到协和医院,诊断为脑炎。30日石评梅即逝世于北京协和医院。

张爱玲

张爱玲(1920—1995年)原名张煐。原籍河北丰润,生于上海。童年在北京、天津度过,1929年迁回上海。1930年改名张爱玲。张爱玲中学毕业后到香港读书,1942年香港沦陷,她未毕业即回上海,给英文《泰晤士报》写剧评、影评,也替德国人办的英文杂志《二十世纪》写"中国的生活与服装"一类的文章。1942年应《西风》杂志《我的生活》征文,张爱玲写的散文《我的天才梦》得名誉奖。1943年她的小说处女作《沉香屑》(第一、二炉香)被文坛前辈周瘦鹃发在《紫罗兰》杂志上。随后接连发表《倾城之恋》《金锁记》等代表作。此后三四年是她创作的丰收期,作品多发表于《天

地》《万象》等杂志。张爱玲23岁与胡兰成结婚，抗战胜利后分手。1949年上海解放后以梁京为笔名在上海《亦报》上发表小说。1950年参加上海第一届文代会。1952年移居香港，在美国新闻处工作，曾发表小说《赤地之恋》和《秧歌》。1955年旅居美国，在美与作家赖雅结婚，后在加州大学中文研究中心从事翻译和小说考证，在美过着"隐居"生活。1995年9月8日，张爱玲被发现老死于美国洛杉矶自寓。她的创作大多取材于上海、香港的上层社会，社会内容不够宽广，却开拓了现代文学的题材领域。这些作品，既以中国古典小说为根柢，又突出运用了西方现代派心理描写技巧，并将两者融合于一体，形成颇具特色的个人风格。

张爱玲语录：

1.因为相知，所以懂得。因为懂得，所以慈悲。

2."死生契阔，与子成悦；执子之手，与子偕老"是一首悲哀的诗，然而它的人生态度又是何等肯定。我不喜欢壮烈。我是喜欢悲壮，更喜欢苍凉壮烈只是力，没有美，似乎缺少人性。悲哀则如大红大绿的配色，是一种强烈的对照。

3.要做的事情总找得出时间和机会；不要做的事情总找得出借口。

4.一个知己就好像一面镜子，反映出我们天性中最优美的部分。

5.书是最好的朋友。唯一的缺点是使我近视加深，但还是值得的。

6.照片这东西不过是生命的碎壳；纷纷的岁月已过去，瓜子仁一粒粒咽了下去，滋味各人自己知道，留给大家看的唯有那狼藉的黑白的瓜子壳。

7.笑，全世界便与你同笑；哭，你便独自哭。

8.我要你知道，在这个世界上总有一个人是等着你的，不管在什么时候，不管在什么地方，反正你知道，总有这么个人。

9.娶了红玫瑰，久而久之，红玫瑰就变成了墙上的一抹蚊子血，白玫瑰还是"床前明月光";娶了白玫瑰,白玫瑰就是衣服上的一粒饭渣子,红的还是心口上的一颗朱砂痣。

10. 对于30岁以后的人来说,十年八年不过是指缝间的事。而对于年轻人而言,三年五年就可以是一生一世。

11. 你年轻么?不要紧,过两年就老了。

12. 普通人的一生,再好也是桃花扇,撞破了头,血溅到扇子上,就着上面略加点染成一枝桃花。

13. 人生恨事:海棠无香;鲥鱼多刺;曹雪芹《红楼梦》残缺不全;高鹗妄改,死有余辜。

14. 小小的忧愁和困难可以养成严肃的人生观。

15. 人类总是害怕自己未知的东西。

16. 你永远不懂我伤悲,就像白天不懂夜的黑。

17. 我们生活的这个世界,大多数事情超出我们的理解之外。

18. 我是一朵不开花的花,尚未学会绽放,就已学会凋零。

19. 回忆这东西若是有气味的话,那就是樟脑的香,甜而稳妥,像记得分明的快乐,甜而怅惘,像忘却了的忧愁。

20. 人的一生中有大大小小的等待,人渐渐忘记了自己等待的是什么。

21. 啊,出名要趁早呀,来得太晚,快乐也不那么痛快。个人即使等得及,时代是仓促的,已经在破坏中,还有更大的破坏要来。

22. 即使是家中珍藏的宝物,每过一阵也得拿出来,让别人赏玩品评,然后自己才会重新发现它的价值。

23. 但是,酒在肚子里,事在心里,中间总好像隔着一层,无论喝多少酒,都淹不到心上去。

中国古代四大书院

摘编 / 振宁

中国古代四大书院分别为应天书院、岳麓书院、嵩阳书院和白鹿洞书院。

应天书院

应天府书院即应天书院、睢阳书院,其前身为南都学舍,为五代后晋时的商丘人杨悫创办,位于河南省商丘市睢阳区国家4A级风景区商丘古城南湖畔。

唐哀宗天佑四年(907年)唐朝灭亡,中国历史进入"五代十国"分裂时期,官学遭受破坏,庠序失教,中原地区开始出现一批私人创办书院,应天府书院由此而生。

五代的后晋时期,名儒杨悫在归德军将军赵直扶助下聚众讲学,后来他的学生戚同文继续办学,应天府书院的前身就是当时归德军的南都学舍,是赵直为杨悫筑室聚徒的场所。

北宋立国初期,朝廷急需人才,实行开科取士,睢阳学舍的生徒参加科举考试,登第者达五六十人之多。文人、士子慕戚同文之名不远千里而至宋州求学者络绎不绝,出现了"远近学者皆归之"的盛况,睢阳学舍逐渐形成了一个学术文化交流与教育中心。但戚同文病逝后,学校

一度关闭。

宋真宗时,为追念宋太祖应天顺时开创宋朝,1005年将其发迹之处宋州(今商丘)改名应天府。1008年,当地人曹诚在南都学舍旧址建筑院舍150间,藏书1500卷,并请令戚同文之孙戚舜宾主院,以曹诚为助教,经由应天府知府上报朝廷,受到宋真宗赞赏,翌年将该书院正式赐额为"应天府书院"。

1043年,宋仁宗下旨将应天书院改为南京国子监,成为北宋最高学府之一。后该书院经应天知府、文学家晏殊等人加以扩展。范仲淹曾受教于此。

在范仲淹主讲该书院的过程中,率先明确了具有时代意义的匡扶"道统"的书院教育宗旨,并以此确立了培养"以天下为己任"之士大夫的新型人才培育模式,由此推动了宋初学术、书院学风朝经世致用方面的转变;后来又通过"庆历兴学"的若干措施,肯定、鼓励了这些成就,进一步推动了北宋书院的发展,明确了学术、大师在书院中的重要作用和历史地位。

应天书院是古代书院中唯一一个升级为国子监的书院,被尊为四大书院之首,是四大书院中起源最早、规模最大、持续最久、人才最多的书院。

岳麓书院

岳麓书院位于湖南长沙南岳七十二峰最末一峰的岳麓山脚,是我国目前保存最完好的一座古代书院。现为长沙市文化旅游主要景点之一。

北宋开宝六年(973年),朱洞以尚书出任潭州太守,鉴于长沙岳麓山抱黄洞下的寺庵林立和幽静环境,朱洞接受了学者刘鳌的建议,在原有僧人兴办的学校基础上创建了岳麓书院。初创的书院分有"讲堂五间，斋舍五十二间"，其中"讲堂"是老师讲学道的场所，"斋堂"则是学生平时读书学习兼住宿的场所。

宋太宗咸平二年（999年），李允则任潭州太守，他一方面继续扩建书院的规模，增设了藏书楼、"礼殿"（又称"孔子堂"），并"塑先师十哲之像，画七十二贤"；一方面积极取得了朝廷对岳麓兴学的支持，以促进书院的更大发展。咸平四年（1001年）朝廷首次赐书岳麓书院，其中有《释文》《义疏》《史记》《玉篇》《唐韵》等经书。当时书院学生正式定额60余人，奠定了书院的基本格局。宋真宗大中祥符五年（1012年）经学家周式担任山长主持岳麓书院后，书院得到迅速的发展，学生定额逾百人，周式本人还得到宋真宗的召见和鼓励，赐"岳麓书院"题额，于是"书院称闻天下，鼓箧登堂者不绝"，到南宋的乾道年间，岳麓书院达到鼎盛时期。

后来，在著名理学家张栻主持岳麓书院时，他以反对科举利禄之学、培养传道济民的人才为办学的指导思想。在教学方面，提出"循序渐进""博约相须""学思并进""知行互发""慎思审择"等原则；在学术研究方面，强调"传道""求仁""率性立命"。从而培养出一批如吴猎、赵方、游九言、陈琦等经世之才的优秀学生，湖湘学派多数学者也在岳麓书院学习过。

一时间，大批游学的士子前来书院研习理学问难论辩，有的还"以不得卒业于湖湘为恨"，当时的岳麓书院成为全国闻名的传习理学的基地。南宋淳熙七年（1180年），张栻去世后，著名理学家朱熹、真德秀等人对岳麓书院的办学和传播理学，也表现出极大的热忱。朱熹还将《白鹿洞书院教条》人微言轻正式的学规，颁于岳麓书院，曾两次来此讲学，当时学生达千人，从而使岳麓书院有"潇湘洙泗"之誉，几与孔子在家乡讲学的地方并称。

从元、明至清初，由于战乱，岳麓书院曾两度遭到焚毁，后来虽然得以重建和恢复，已不复旧观。清初，书院被禁。后康熙为了表彰理学，放宽书院政策。康熙二十六年（1687年）御书"学达性天"匾额，并以十三经、二十一史、经书讲义等遣送至岳麓山，乾隆九年（1744年）又御书"道南正脉"匾额送至岳麓山，岳麓书院又得以复兴。

复兴后的岳麓书院，除了对斋舍屡加扩建外，其书院性质也由民办而逐渐演化为官办。乾隆十九年（1754年），乾隆元年进士旷敏本被聘为岳麓书院山长，任职约3年，后出任石鼓书院山长，因学问精湛，出类拔萃，备受时人称颂，士子争以出其门下为幸。随着乾嘉考据学的兴起，岳麓书院往往由从事诂经考史的著名汉学家主持，学习的内容也由理学转向经史考证，特别是在雍正进士王文清主院期间，更以"群经教授诸子"。此后乾隆十六年殿试传胪（二甲第一名）罗典任山长，"唯以治经论文，启诱后进"。道光年间巡抚吴荣光在岳麓书院增设"湘水校经堂"，专以研习汉学为主。岳麓书院的最后一任山长是王先谦，他是清末湖南著名的经学家。清代的岳麓书院，集聚了一代常识博洽、德高望重的大师，培养出诸如王夫之、陶树、魏源、左宗棠、胡林翼、曾国藩、郭嵩涛、李元度、唐才常、沈荩、杨昌济等著名的湖湘学者。

清光绪二十九年（1903年），在新政之议的呼声中，延续了近千年的岳麓书院正式改为湖南高等学堂。尔后相继改为湖南高等师范学校、湖南工业专门学校，1926年正式定名为湖南大学至今，历经千年，弦歌不绝，故世称"千年学府"。

嵩阳书院

嵩阳书院，位于河南省登封市区北2.5千米嵩山南麓，背靠峻极峰，面对双溪河，因坐落在嵩山之阳而得名嵩阳书院。创建于北魏孝文帝太和八年（484年），时称嵩阳寺，为佛教活动场所，僧侍多达数百人。隋炀帝大业年间（605—618年），更名为嵩阳观，为道教活动场所。宋仁宗景祐二年（1035年），名为嵩阳书院，以后一直是历代名人讲授经典的教育场所。

宋代理学的"洛学"创世人程颢、程颐兄弟都曾在嵩阳书院讲学，此后，嵩阳书院成为宋代理学的发源地之一。明末书院毁于兵燹，清代康熙时重建。

嵩阳书院在中国教育发展史上占有重要的一页。经过近千年的发展，嵩阳书院积累了丰富的教学经验，其特点主要是：1.书院既是教育教学的机关，又是学术研究的机关，实行教育教学与学术研究相结合的模式。2.书院盛行讲会制度，允许不同学派、不同观点进行讲会，开展争辩。3.书院的教学，实行"门户开放"，有教无类，不受地域限制。4.书院以学生个人读书钻研为主，十分注重培养学生的自学能力，并采用问难论式，注意启发学生的思维能力。5.书院内的师生关系融洽，感情深厚。书院的名师，不仅以渊博的知训教育学生，而且以自己高尚的品德气节感染学生。

宋初，国内太平，文风四起，儒生经五代久乱之后，都喜欢在山林中找个安静的地方聚众讲学。登封是尧、舜、禹、周公等曾经居住过的地方。据记载，先后在嵩阳书院讲学的有范仲淹、司马光、程颢、程颐、杨时、朱熹、李纲、范纯仁等24人，司马光的巨著《资治通鉴》第9卷至21卷就是在嵩阳书院和崇福宫完成的。号称"二程"的程颐、程颢在嵩阳书院讲学10余年，对学生一团和气，平易近人，讲学鲜感，通俗易懂，宣道劝仪，循循善诱。学生虚来实归，皆都获益，有"如沐春风"之感。康熙辛卯年，全省在开封选拔举人，录取名额一县不足一人，仅登封就中了5个。名儒景冬，就读于嵩阳书院，中进士后，曾九任御史。嵩阳书院正是拥有了得天独厚的师资条件，声名大振，四方生徒摩肩接踵，成为北宋影响最大的书院之一。

白鹿洞书院

白鹿洞书院为宋代四大书院之首，具有"海内书院第一"之称。位于江西省九江市庐山五老峰南麓后屏山下（星子县白鹿镇境内），西有左翼山，南有卓尔山，三山环台，一水（贯道溪）中流，无市井之喧，有泉石之胜。全院山地面积为3000亩，建筑面积为3800平方米。山环水合，幽静清邃，为我国重点文物保护单位。

白鹿洞书院"始于唐、盛于宋，沿于明清"，至今已有1000多年。初为唐代贞元元年（785年）洛阳人李渤与其兄隐居读书之处。李渤养一白鹿，出入跟随，人称之白鹿先生。后李渤为江州刺史，于隐居旧址建台，引流植花，号为白鹿洞，其实并没有洞，只因四周青山怀抱，俯视似洞，因此而名。唐末兵乱，高雅之士来此读书。南唐开元年间，李善道、朱弼等人在此置田聚徒讲学，称为"庐山园学"。宋初扩建书院，与睢阳、石鼓、岳麓并称四大书院。南宋时著名的理学家、教育家朱熹受命知南康军时，到白鹿洞书院察看遗址，请孝宗批准，筹款建屋，征集图书，聘请名师、广集生徒，亲任洞主，亲自讲学，并制定了"博学之、审问之，慎思之，明辨之，笃行之"五条教规，即有名的《白鹿洞书院揭示》。

《白鹿洞书院教条》不但体现了朱熹以"格物、致知、诚意、正心、修身、齐家、治国、平天下"等一套儒家经典为基础的教育思想，而且成为南宋以后中国封建社会七百年书院办学的样式，也是教育史上最早的教育规章制度之一。至此，白鹿洞书院达到了它的鼎盛时期，被誉为"海内书院第一"，"一时文风士习之盛济济焉，彬彬焉"，它与岳麓书院一样，成为宋代传习理学的重要基地。

元代末年，白鹿洞书院被毁于战火。

进入清代，白鹿洞书院仍有多次维修，办学不断。19世纪末，中国政治、经济发生急剧的变化，出现了教育改革的热潮。光绪二十四年（1898年）清帝下令变法，改书院为学堂。白鹿洞书院于光绪二十九年停办，洞田归南康府（今星子）中学堂管理。宣统二年（1910年），白鹿洞书院改为江西高等林业学堂。自宋至清的700年间，白鹿洞书院一直是中国宋、明理学的中心学府，陆象山、王阳明等都曾在此讲学，书院殿阁巍峨，亭榭错落，师生云集，俨如学城。

新中国成立后，政府采取一系列措施对白鹿洞书院进行保护和维修。现在，白鹿洞书院已形成集文物管理、教学、学术研究、旅游接待、林园建设五位一体的综合管理体制。

中国佛教四大名山

摘编/静芳

中国佛教四大名山分别为山西五台山、浙江普陀山、四川峨眉山和安徽九华山,有"金五台、银普陀、铜峨眉、铁九华"之称。这四大名山随着佛教的传入,自汉代开始建寺庙,修道场,延续至清末。是我国佛教圣地,分别供奉文殊菩萨、观音菩萨、普贤菩萨和地藏菩萨。

五台山

五台山,中国佛教第一圣地。在山西省五台县境内,方圆500余里,海拔3000米,由5座山峰环抱而成,五峰高耸,峰顶平坦宽阔,如垒土之台,故称五台。汉唐以来,五台山一直是中国的佛教中心,此后历朝不衰,屡经修建,鼎盛时期寺院达300余座,规模之大可见一斑。目前,大部分寺院都已无存,仅剩下台内寺庙39座,台外寺庙8座。

五台分别为东台望海峰,西台挂月峰,南台锦绣峰,北台叶斗峰和中台翠岩峰。五台之中北台叶斗峰最高,海拔3058米,素称"华北屋脊"。

五台山被国内外佛教公认为文殊菩萨的应化道场。它始建于东汉永平年间，初名大孚灵鹫寺，北魏孝文帝时扩建，因寺侧有一座花园，赐名花园寺。唐武则天时改称华严寺，明太祖时重修，赐额大显通寺。清代又重修，形成今天的规模。寺宇面积8万平方米，各种建筑400余间。中轴线上，有文殊殿、大雄殿、无量殿等7座大殿。中轴线后部高坎上有一铜殿，面阔3间，高不足5米，小巧精致，铸于明万历年间，殿内有铜铸小佛像万尊，中间台上有大铜佛。门前钟楼上有一口重达万斤的铜钟，敲击时声音传遍全山。

塔院寺原是显通寺的塔院，明代重修舍利塔时独立为寺，寺内以舍利塔为主，舍利塔是一座藏式白塔，故又名大白塔。我国共有珍藏释迦舍利子的铁塔19座，五台山的一座慈寿塔就藏在大白塔内。此塔居于台怀诸寺之前，高大醒目，一向被看作是五台山的标志。

菩萨顶在显通寺北侧的灵鹫峰上，传说文殊就住在菩萨顶，所以也叫真容院，又称大文殊寺，它创建于北魏，历代重修。明永乐时，喇嘛教黄教创始人宗喀巴的大弟子蒋全曲而计到五台山传扬黄教，这是黄教传入五台山的开始。永乐以后，蒙藏教徒进驻五台山，大喇嘛住在菩萨顶，这里就成为黄庙之首。

殊像寺是供奉文殊菩萨的寺庙，始建于唐，元重建，毁于火，明成化年间再建，其中佛龛的背面塑三世像，即药师、释迦、弥陀三佛。三佛居于文殊背面的倒座上，不合一般寺院惯例，颇为特殊。

罗睺寺在显通寺东，是一座喇嘛庙，唐时初创，明弘治年重修。罗睺寺还有一种奇观，后殿中心有一座活动莲台，是一木制圆形佛坛，坛上周围雕有波涛和十八罗汉渡江，当中荷蒂上有木制大型花瓣，内雕方形佛龛，四方佛分坐在佛龛中，莲台设有中轴和轮盘，操纵机关时莲台旋转，莲花一开一和，四方佛时隐时现，这叫作"花开见佛"。

五台山除五大禅处外，名寺还有金阁寺和碧山寺等。碧山寺是五台山最大的十方禅寺，佛经称东、西、南、北、东南、西南、东北、西北、上、下为十方。十方禅寺是可以使各方名僧来作住持的禅院，又叫十方刹。

五台山在隋唐时已经声名远播，宋以后，日本、印尼、尼泊尔等国的僧侣与五台山都有往来。从五台山源远流长的兴始发展中，我们不难看出它在四大佛山所占据的特殊地位。它不仅生动翔实地记录了中国佛教起落兴衰的过程，同时还展现了佛教文化的灿烂和进步。作为我国四大佛教名山之首的五台山，千百年来吸引了无数的游人。

普陀山

普陀山是我国四大佛教名山之一，位于浙江舟山群岛，是观音菩萨道场。

普陀山的名称，出自佛教《华严经》等68卷，全称为："补坦洛迦""普陀洛迦"，是梵语的译音，意为"美丽的小白花"，由于中国历代帝王多建都在北方，所以自元朝以来，惯称此山为"南海普陀"。普陀山又有"五朝恩赐无双地，四海尊崇第一山"的美誉。

普陀山的海天景色，不论在哪一个景区、景点，都使人感到海阔天空。虽有海风怒号、浊浪排空，却并不使人有惊涛骇浪之感，只觉得这些异景奇观使人振奋。普陀山作为佛教胜地，最盛时有82座寺庵，128处茅篷，僧尼达4000余人。来此旅游的人，在岛上的小径间漫步，经常可以遇到身穿袈裟的僧人。美丽的自然风景和浓郁的佛教气氛，使它蒙上一层神秘的色彩，而这种色彩，也正是它对游人有较强吸引力所在。

普陀山既以海天壮阔取胜，又以山林深邃见长。登山揽胜，眺望碧海，一座座海岛浮在海面上，点点白帆行驶其间，景色极为动人。

普陀山的风景名胜、游览点很多，主要有：普济、法雨、慧济三大寺，这是现今保存的20多所寺庵中最大的。普济禅寺始建于宋，为山中供奉观音的主刹，建筑总面积约11000多平方米。法雨禅寺始建于明，依山凭险，层层叠建，周围古木参天，极为幽静。慧济禅寺建于佛顶山上，又名佛顶山寺。

岛的四周有许多沙滩，但主要的是百步沙和千步沙。千步沙是一个弧形沙滩，长约1500米，沙细坡缓，沙面宽坦柔软，是一个优良的海滨浴场。夏天去游览，可带上游泳衣在这里畅游。

岛上树木葱郁，林幽壑美，有樟树、罗汉松、银杏、合欢等树，大樟树尚有1000余株。其中有一千年古樟，树围达6米，荫覆数亩。还有一株"普陀鹅耳枥"，为中国特有珍稀植物，现仅存一株母本，是国家一级保护濒危物种。普陀山流传着许多有关佛教的民间故事。

峨眉山

峨眉山位于四川省峨眉山市境内，景区面积154平方千米，最高峰万佛顶海拔3099米，是著名的旅游胜地和佛教名山，1996年12月6日列入《世界自然与文化遗产名录》。

峨眉山平畴突起，巍峨、秀丽、古老、神奇。它以优美的自然风光、悠久的佛教文化、丰富的动植物资源、独特的地质地貌而著称于世。人们称之为"仙山佛国""植物王国""动物乐园""地质博物馆"等，素有"峨眉天下秀"之美誉。唐代诗人李白诗曰："蜀国多仙山，峨眉邈难匹"；明代诗人周洪谟赞道："三峨之秀甲天下，何须涉海寻蓬莱"；当代文豪郭沫若题书峨眉山为"天下名山"。古往今来，峨眉山就是人们礼佛朝拜、游览观光、科学考察和休闲疗养的胜地。峨眉山千百年来香火旺盛、游人不绝，永葆魅力。

峨眉山高出五岳，秀甲天下，山势雄伟，景色秀丽，气象万千。素有"一山有四季，十里不同天"之妙喻。

峨眉山为普贤菩萨道场。相传佛教于公元1世纪即传入峨眉山。近两千年的佛教发展历程，给峨眉山留下了丰富的佛教文化遗产，造就了许多高僧大德，使峨眉山逐步成为中国乃至世界影响甚深的佛教圣地。目前，全山共有僧尼约300人，寺庙近30座，其中著名的有报国寺、伏虎寺、清音阁、洪椿坪、仙峰寺、洗象池、金顶华藏寺、万年寺等。

金顶华藏寺

佛教造像有泥塑、木雕、玉刻、铜铁铸、瓷制、脱纱等，造型生动，工艺精湛。如万年寺的铜铸"普贤骑象"，堪称山中一绝，为国家一级保护文物，阿弥陀佛铜像、三身佛铜像、报国寺内的脱纱七佛等，均为珍贵的佛教造像。还有贝叶经、华严铜塔、圣积晚钟、金顶铜碑、普贤金印，均为珍贵的佛教文物。峨眉山佛教音乐丰富多彩，独树一帜。峨眉山武术作为中国武术三大流派之一，享誉海内外。这些丰富的佛教文化遗产是中华民族文化宝库中的瑰宝。

　　甲天下的峨眉山，终年常绿，素有"古老的植物王国"之美称。特殊的地形、充沛的雨量、多样的气候和复杂的土壤结构，为各类生物物种的生长繁衍创造了绝好的生态环境，因此在方圆154平方千米的范围内生长着高等植物3200多种，有人说峨眉山植物种类的数量相当于整个欧洲植物种类的总和。在峨眉山生长的植物中，有被称之为植物活化石的珙桐、桫椤，有著名的峨嵋冷杉、桢楠、洪椿，有品种繁多的兰花、杜鹃花等，还有许多名贵的药用植物和成片的竹林。峨眉山有2300多种野生动物，其中有珍稀的大熊猫、黑鹳、小熊猫、短尾猴、白鹇鸡、枯叶蝶、弹琴蛙、环毛大蚯蚓等。特别是见人不惊、与人同乐的峨眉山猴群，已成为峨眉山中独具一格的"活景观"而闻名中外。

九华山

　　九华山位于安徽省池州市，距池州市青阳县20千米，距长江南岸贵池区约60千米，方圆120平方千米，主峰十王峰1344.4米，为黄山支脉，是国家级风景名胜区，也是旅游避暑的胜境。

　　九华山相传为地藏王菩萨（或称地藏菩萨）道场。

　　九华山共有99座山峰，以天台、十王、莲华、天柱等9峰最雄伟，群山众壑、溪流飞瀑、怪石古洞、苍松翠竹、琦丽清幽、相映成趣,名胜古迹,错落其间。

九华山古刹林立,香烟缭绕,是善男信女朝拜的圣地;九华山现有寺庙80余座,僧尼300余人,已逐渐成为具有佛教特色的风景旅游区。在中国佛教四大名山中,九华山独领风骚,以"香火甲天下""东南第一山"的双重桂冠而闻名于海内外。

唐代大诗人李白三次游历九华山。见此山秀异、九峰如莲花,写下了"昔在九江上,遥望九华峰,天河挂绿水,秀出九芙蓉"的美妙诗句,后人便削其旧号,易九子山为九华山。

九华山溪水清澈,泉、池、潭、瀑众多。有龙溪、缥溪、舒溪、曹溪、濂溪、澜溪、九子溪等,源于九华山各峰之间,逶迤秀丽,闪现于绿树丛中。龙溪上有五龙瀑,飞泻龙池,喷雪跳玉,极为壮观。又自弄珠潭,激流直下,浪花似珠玉四处乱弹。舒溪三瀑相连,注入上、中、下雪潭,断崖飞帘,如卷雪浪。

九华山最高峰十王峰,海拔1344.4米,其次为七贤峰(1337米)、天台峰(1306米)。海拔1000米以上的高峰有30余座,云海翻腾,各展雄姿,气象万千。险峰多峭壁怪石,天台峰西的"大鹏听经石",传说是大鹏听地藏菩萨诵经而感化成石。

观音峰上观音石,酷似观音菩萨凌风欲行。十王峰西有"木鱼石",钵盂峰有"石佛",中莲花峰有"罗汉晒肚皮",南蜡烛峰有"猴子拜观音",等等,惟妙惟肖,越看越奇,耐人寻味。

九华山山水风景最著者,有九华十景:天台晓日、化城晚钟、东崖晏坐、天柱仙踪、桃岩瀑布、莲峰云海、平岗积雪、舒潭印月、九子泉声、五溪山色。此外,还有龙池飞瀑、闵园竹海、甘露灵秀、摩空梵宫、花台锦簇、狮子峰林、青沟探幽、鱼龙洞府、凤凰古松等名胜。

中国四大古城

摘编 / 小梵

中国的四大古城分别是阆中古城、丽江古城、平遥古城和歙县古城这4座历史悠久的古城。

阆中古城

阆中被誉为四川最大的"风水古城",是中国四大古城之一,素有"阆苑仙境""巴国蜀国要冲之地""天下第一江山""阆中天下稀""世界千年古县""国际最佳旅游度假胜地""中国春节文化之乡"等美誉。

阆中古城处于大巴山脉、剑门山脉与嘉陵江交汇聚结处,山围四面,水绕三方,形成山水紧密契合的形胜之地。古城地理位置、城市选址和建筑布局,深契传统风水理论,山、水、城融为一体,具有典型的古代城市建设风格和浓郁的传统文化色彩。城区文物名胜众多,自然风景如诗如画。古往今来,古城阆中以其独特的魅力,使得无数墨客骚人流连忘返,并为之折腰。杜甫、元稹、李淳风、袁天罡、吕洞宾、司马光、苏轼、陆游、张善孖、丰子恺等先后来阆中旅居观光,留下不少著名诗篇和珍贵墨宝。

新石器时代,阆中已有先民生息。夏代为梁州之域,殷商时代为巴方,周代属巴国(包括重庆全境、四川东部、陕西南部、湖北西部、贵州北部,国都位于今重庆渝中区)。秦惠文王后元十一年(前314年)置县,除隋朝改为阆内县外,历代均名阆中。

汉代,阆中城在今城北郊一带。其后,因江水啮城,城市逐渐南移,唐宋时稳定于今城区位置。古代,阆中作为由秦入蜀的交通孔道和陕、甘、鄂、广等地的商品集散地,以其险要的地形、便捷的交通、丰饶的物产而成为川北经济、军事重镇和历代军政大员驻节之所、兵家必争之地。

战国后期,阆中城为巴国别都。东汉建安六年(201年)至民国初,先后为郡、州、府、道治地。三国时,蜀将张飞镇守阆中7年,死葬于此。唐代,鲁王灵夔、滕王元婴先后出镇阆中。五代唐天成四年于阆中置保宁军,北宋时置安德军。明弘治年间,曾封寿王于阆。清代,川北镇总兵署设于阆中。清顺治年间,四川临时省会设阆中十余年,四川巡抚、监察御史均驻节阆中,并在此举行了乡试四科。1933—1935年,红四方面军在阆中转战3年,曾在县城设立四方面军总政治部和33军军部。抗日战争时期,川陕鄂边区绥靖公署和巴山警备司令部均设于阆中。

近现代,随着宝城铁路、公路的开通,川北主要交通孔道西移,阆中遂被冷落。20世纪80年代以来,阆中城市建设逐渐发展。1991年,阆中撤县建市,1992年列为全开放市,1993年被列为省直辖市,2004年被授予中国优秀旅游城市。

古城阆中千百年来的经营发展,创造出绚丽、奇绝的"阆苑仙境",积淀了丰厚、深邃的历史文化。1984年6月,阆中被列为四川省历史文化古城。1986年12月,国务院批准阆中为国家历史文化名城。1991年撤县设阆中市,是中国对外开放城市、国家级生态示范市、国家5A级旅游景区及中国优秀旅游城市。

丽江古城

具有800多年历史的丽江古城，坐落在丽江坝子中部，面积约3.8平方千米，始建于南宋末年，是元代丽江路宣抚司、明代丽江军民府和清代丽江府驻地。丽江古城选址独特，布局上充分利用山川地形及周围自然环境，北依象山、金虹山，西枕狮子山，东面和南面与开阔坪坝自然相连，既避开了西北寒风，又朝向东南光源，形成坐靠西北、放眼东南的整体格局。发源于城北象山脚下的玉泉河水分三股入城后，又分成无数支流，穿街绕巷，流布全城，形成了"家家门前绕水流，户户屋后垂杨柳"的诗画图。

丽江街道不拘于工整而自由分布，主街傍水，小巷临渠，300多座古石桥与河水、绿树、古巷、古屋相依相映，极具高原水乡古树、小桥、流水、人家的美学意韵，被誉为"东方威尼斯""高原姑苏"。充分利用城内涌泉修建的多座"三眼井"，上池饮用，中塘洗菜，下流漂衣，是纳西族先民智慧的象征，是当地民众利用水资源的典范杰作，充分体现了与自然的和谐统一。城中的木氏土司衙署则呈现出一派"宫室之丽，拟于王者"的非凡景象。古城心脏四方街明清时已是滇西北商贸枢纽，是茶马古道上的集散中心。四方街以彩石铺地，清水洗街，日中为市，薄暮涤场的独特街景而闻名遐迩。其四周6条五彩花石街依山随势，辐射开去，街巷相连，四通八达，交通极为便利。置身其中，令人仿佛步入了"清明上河图"的繁华景象。

古城中至今依然大片保持明清建筑特色，"三坊一照壁，四合五天井，走马转角楼"式的瓦屋楼房鳞次栉比，既突出结构布局，又追求雕绘装饰，外拙内秀，玲珑轻巧，被中外建筑专家誉为"民居博物馆"。更值得一提的是，古城居民素来喜爱种植花木、培植盆景，使古城享有"丽郡从来喜植树，山城无处不飞花"的美誉。丽江古城文物古迹众多，文化蕴涵丰厚独特，是我国保存最完整、最具民族风格的古代城镇。

丽江古城在1986年被国务院公布为中国历史文化名城；1997年12月4日，被联合国教科文组织正式批准列入《世界遗产名录》清单，成为全国首批受人类共同承担保护责任的世界文化遗产城市；2001年10月，被评为全国文明风景旅游区示范点；2002年，荣登"中国最令人向往的10个城市"行列。

平遥古城

平遥既是国家历史文化名城,也是世界文化遗产。平遥古城位于山西省中部、太原盆地南缘,距省会太原90千米。汾河穿境南流,南同蒲铁路、大运公路由县城西北侧而过,地处要冲,交通便利。平遥自古就是商贸集散市场,有"拉不完填不满的平遥城"和"小北京"之誉。

平遥旧称"古陶",明朝初年,为防御外族南扰,始建城墙,洪武三年(1370年)在旧墙垣基础上重筑扩修,并全面包砖。以后景泰、正德、嘉靖、隆庆和万历各代进行过10次的补修和修葺,更新城楼,增设敌台。康熙四十三年(1703年)因皇帝西巡路经平遥,而筑了四面大城楼,使城池更加壮观。平遥城墙总周长6163米,墙高约12米,把面积约2.25平方千米的平遥县城一隔为两个风格迥异的世界。城墙以内街道、铺面、市楼保留明清形制,城墙以外称新城。

平遥有着悠久的历史，早在新石器时代，人类就在这里繁衍生息。相传帝尧初封于陶，故平遥亦称"古陶""平陶"。境内的中都，春秋时期就是晋国古邑，战国时属赵。秦始置平陶县，西汉置中都县和京陵县，北魏初废，改为平遥县。2700多年来，平遥虽一直是座县城，然而她在政治、经济和文化诸方面却有过辉煌。

源远流长的历史，给平遥留下了丰富多彩的文物古迹。现有各类文物单位300余处，列入各级政府公布保护的重点文物单位有99处。其中，国家级3处：镇国寺（五代一清）、双林寺（明）、平遥城墙（明）；省级6处；县级文物90处。平遥古城是依据汉族传统"礼制"规划建设起来的，古城的形制，恪守以"礼"为本，完全反映了以明清时期为主的汉族历史文化特色。

歙县古城

歙县位于黄山市东部，在杭州、千岛湖、黄山、九华山旅游线的中心点，徽杭、屯芜公路在此交会，皖赣铁路穿越而过。歙县山明水秀、风光旖旎，城内园林、长亭、古桥、石坊、古塔、古民居到处可见。

歙县古城为国家历史文化名城，在古代为徽州府治所在地，是徽州文化及国粹京剧的发源地，也是徽商的主要发源地，同时又是文房四宝之徽墨、歙砚的主要产地。

歙县主要景点有太白楼、新安碑园、太平古桥、许国石坊、斗山街、渔梁坝等。

太白楼位于太平古桥西侧，为双层楼阁，是典型徽派建筑。楼内陈列有历代碑刻、古墨迹拓片、古今名人楹联佳句。相传，唐天宝年间，诗人李白寻访歙县隐士许宣平，结果在练江之畔失之交臂，后人为纪念此事，便在李白饮酒的地方建起了这座太白楼。登楼可以饱览城西山光水色、古桥塔影。

新安碑园紧邻太白楼，此景区将碑园与园林融为一体，整个建筑依山就势，多式花墙、漏窗、洞门相互通透，碑廊曲折起伏蜿蜒200多米。高处立亭，洼处蓄池，竹影婆娑，为徽州私家花园风格。其园筑于披云峰上，有峰有楼有水，虽然咫尺之地，却是博大胸怀，饶有山野情趣。

太白楼前的太平桥，建于明弘治年间，为多孔巨型石拱桥的代表。

许国石坊位于县城中心，建于1584年，牌坊四面八柱，雕刻镂刻精美细腻，图案错落有致、疏朗多姿。

斗山街坐落于歙县城内，因依靠斗山得名，全长500米左右，多为清代徽商、仕宦的深宅大院，为文化历史名城一级保护区。街道南北延伸，房屋坐北朝南，临街都是侧面山墙，墙上马头高低错落，加上门罩和石板路面，具有徽派街巷独特的幽雅风貌。巷内集古民居、古街、古雕、古井、古牌坊于一体，犹如一幅长长的历史画卷。

歙县城内还有两座谯楼，南谯楼建于隋末，东谯楼建于明弘治年间。这两座谯楼咫尺相望。

渔梁坝始建于宋，距今已有千年。渔梁坝横截练江，使坝上水势平坦，坝下激流奔腾。出渔梁坝不远有一古桥，名曰紫阳桥，朱熹之父朱松曾在桥南结庐而居，朱熹自闽归省，也曾在此居住。

中国四大名园

摘编 / 蓝天

1961年3月4日国务院颁布的第一批全国重点文物保护单位名单中，属于园林方面的有4处，这4处园林分别为北京颐和园、河北承德避暑山庄、苏州拙政园和留园。因此，这四大园林被称为中国四大名园。

拙政园

拙政园位于苏州市娄门内东北街178号，是江南园林的代表，也是苏州园林中面积最大的古典山水园林，现列为全国重点文物保护单位。此地初为唐代诗人陆龟蒙的住宅，元朝时为大弘（宏）寺。明正德四年（1509年），明代弘治进士、明嘉靖年间御史王献臣仕途失意归隐苏州后将其买下，聘著名画家、吴门画派的代表人物文征明参与设计蓝图，历时16年建成，借用西晋文人潘岳《闲居赋》中之句取园名为拙政园，暗喻把浇园种菜作为自己（拙者）的"政"事。

此园建成不久，王献臣去世，其子在一夜豪赌中，把整个园子输给徐氏。400多年来，拙政园屡换园主，曾一分为三，园名各异，或为私园，或为官府，或散为民居，直到20世纪50年代，才完璧合一，恢复初名"拙政园"。

拙政园全园占地62亩，分为东、中、西和住宅4个部分。住宅是典型的苏州民居，现布置为园林博物馆展厅。拙政园中现有的建筑，大多是清咸丰十年（1860年）拙政园成为太平天国忠王府花园时重建，至清末形成东、中、西三个相对独立的小园。

　　中部是拙政园的主景区，为精华所在。中部面积约18.5亩，其总体布局以水池为中心，亭台楼榭皆临水而建，有的亭榭则直出水中，具有江南水乡的特色。池水面积占全园面积的五分之三。池广树茂，景色自然，临水布置了形体不一、高低错落的建筑，主次分明。总的格局仍保持明代园林浑厚、质朴、疏朗的艺术风格。以荷香喻人品的"远香堂"为中部拙政园主景区的主体建筑，位于水池南岸，隔池与东西两山岛相望，池水清澈广阔，遍植荷花，山岛上林荫匝地，水岸藤萝纷披，两山溪谷间架有小桥，山岛上各建一亭，西为"雪香云蔚亭"，东为"待霜亭"，四季景色因时而异。远香堂之西的"倚玉轩"与其西船舫形的"香洲"（"香洲"名取以香草喻性情高傲之意）遥遥相对，两者与其北面的"荷风四面亭"成三足鼎立之势，都可随势赏荷。倚玉轩之西有一曲水湾深入南部居宅，这里有三间水阁"小沧浪"，它以北面的廊桥"小飞虹"分隔空间，构成一个幽静的水院。另外，中部景区还有微观楼、玉兰堂、见山楼等建筑以及精巧的园中之园——枇杷园。

　　西部原为"补园"，面积约12.5亩，其水面迂回，布局紧凑，依山傍水建以亭阁。西部主要建筑为靠近住宅一侧的三十六鸳鸯馆，是当时园主人宴请宾客和听曲的场所，厅内陈设考究。晴天由室内透过蓝色玻璃窗观看室外景色犹如一片雪景。三十六鸳鸯馆的水池呈曲尺形，其特点为台馆分峙，装饰华丽精美。回廊起伏，水波倒影，别有情趣。西部另一主要建筑"与谁同坐轩"乃为扇亭，扇面两侧实墙上开着两个扇形空窗，一个对着"倒影楼"，另一个对着"三十六鸳鸯馆"，而后面的窗中又正好映入山上的笠亭，而笠亭的顶盖又恰好配成一个完整的扇子。

"与谁同坐"取自苏东坡的词句"与谁同坐，明月，清风，我"。西部其他建筑还有留听阁、宜两亭、倒影楼、水廊等。

东部原称"归田园居"，是因为明崇祯四年（1631年）园东部归侍郎王心一而得名。东部约31亩，因归园早已荒芜，全部为新建，布局以平冈远山、松林草坪、竹坞曲水为主。配以山池亭榭，仍保持疏朗明快的风格，主要建筑有兰雪堂、芙蓉榭、天泉亭、缀云峰等，均为移建。

拙政园的建筑还有澄观楼、浮翠阁、玲珑馆和十八曼陀罗花馆等。

拙政园的布局疏密自然，其特点是以水为主，水面广阔，景色平淡天真、疏朗自然。它以池水为中心，楼阁轩榭建在池的周围，其间有漏窗、回廊相连，园内的山石、古木、绿竹、花卉，构成了一幅幽远宁静的画面，代表了明代园林建筑风格。

拙政园形成的湖、池、涧等不同的景区，把风景诗、山水画的意境和自然环境的实境再现于园中，富有诗情画意。淼淼池水以闲适、旷远、雅逸和平静氛围见长，曲岸湾头，来去无尽的流水，以蜿蜒曲折、深容藏幽而引人入胜；通过平桥小径为其脉络，长廊逶迤填虚空，岛屿山石映其左右，使貌若松散的园林建筑各具神韵。整个园林建筑仿佛浮于水面，加上木映花承，在不同境界中产生不同的艺术情趣，如夏日蕉廊，冬日梅影雪月，春日繁花丽日，秋日红蓼芦塘，无不四时宜人，营造出处处有情、面面生诗、含蓄曲折、余味无尽的景致，不愧为江南园林的典型代表。

拙政园，这一大观园式的古典豪华园林，以其布局的山岛、竹坞、松岗、曲水之趣，被胜誉为"天下园林之母"。

颐和园

颐和园位于北京西北郊海淀区，距北京城区15千米。是利用昆明湖、万寿山为基址，以杭州西湖风景为蓝本，汲取江南园林的某些设计手法和意境而建成的一座大型天然山水园，也是保存得最完整的一座皇家行宫御苑，占地约290公顷被誉为皇家园林博物馆。

颐和园原是清朝帝王的行宫和花园。乾隆十五年（1750年），乾隆皇帝把这里改建为清漪园。咸丰十年（1860年），清漪园被英法联军焚毁。光绪十四年（1888年），慈禧太后以筹措海军经费的名义动用3000万两白银重建，改称颐和园，作消夏游乐地。到光绪二十六年（1900年），颐和园又遭"八国联军"的破坏，烧毁了许多建筑物。光绪二十九年（1903年）修复。后来在军阀混战、国民党统治时期，又遭破坏，1949年之后政府不断拨款修缮，1961年3月4日，颐和园被公布为第一批全国重点文物保护单位，1998年11月被列入《世界遗产名录》。2007年5月8日，颐和园经国家旅游局正式批准为国家5A级旅游景区。

颐和园景区规模宏大，占地面积2.97平方千米（293公顷），主要由万寿山和昆明湖两部分组成，其中水面占四分之三（约220公顷）。园内建筑以佛香阁为中心，园中有景点建筑物百余座、大小院落20余处，古建筑3555间，面积7万多平方米，共有亭、台、楼、阁、廊、榭等不同形式的建筑3000多间。古树名木1600余株。其中佛香阁、长廊、石舫、苏州街、十七孔桥、谐趣园、大戏台等都已成为家喻户晓的代表性建筑。

园中主要景点大致分为三个区域：以庄重威严的仁寿殿为代表的政治活动区，是清朝末期慈禧与光绪从事内政、外交政治活动的主要场所。以乐寿堂、玉澜堂、宜芸馆等庭院为代表的生活区，是慈禧、光绪及后妃居住的地方。以万寿山和昆明湖等组成的风景游览区，和以长廊沿线、后山、西区组成的广大区域，是供帝后们澄怀散志、休闲娱乐的苑园游览区。

前山以佛香阁为中心，组成巨大的主体建筑群。万寿山南麓的中轴线上，金碧辉煌的佛香阁、排云殿建筑群起自湖岸边的云辉玉宇牌楼，经排云门、二宫门、排云殿、德辉殿、佛香阁，终至山巅的智慧海，重廊复殿，层叠上升，贯穿青琐，气势磅礴。巍峨高耸的佛香阁八面三层，踞山面湖，统领全园。碧波荡漾的昆明湖平铺在万寿山南麓，约占全园面积的四分之三。昆明湖中，宏大的十七孔桥如长虹偃月倒映水面，湖中有一座南湖岛，通过十七孔桥和岸上相连。蜿蜒曲折的西堤犹如一条翠绿的飘带，紫带南北，横绝天汉，堤上六桥，婀娜多姿，形态互异。涵虚堂、藻鉴堂、治镜阁三座岛屿鼎足而立，寓意神话传说中的"海上仙山"。阅看耕织图画柔桑拂面，豳风如画，乾隆皇帝曾在此阅看耕织活画，极具水乡村野情趣。与前湖一水相通的苏州街，酒幌临风，店肆熙攘，令人仿佛置身于200多年前的皇家买卖街，谐趣园则曲水复廊，足谐其趣。在昆明湖湖畔岸边，还有著名的石舫、惟妙惟肖的铜牛、赏春观景的知春亭等景点建筑。后山后湖碧水潆回，古松参天，环境清幽。

1998年12月2日，颐和园以其丰厚的历史文化积淀、优美的自然环境景观、卓越的保护管理工作被联合国教科文组织列入《世界遗产名录》，誉为世界几大文明之一。

避暑山庄

避暑山庄位于承德市中心区以北、武烈河西岸一带狭长的谷地上，距离北京230千米，是由皇帝宫室、皇家园林和宏伟壮观的寺庙群所组成。它始建于1703年，历经清朝三代皇帝：康熙、雍正、乾隆，耗时89年建成。山庄的建筑布局大体可分为宫殿区和苑景区两大部分，苑景区又可分成湖区、平原区和山区三部分。内有康熙、乾隆钦定的72景。拥有殿、堂、楼、馆、亭、榭、阁、轩、斋、寺等建筑100余处。它的最大特色是山中有园，园中有山。

避暑山庄是清代皇帝夏日避暑和处理政务的场所，为中国著名的古代帝王宫苑。避暑山庄占地564万平方米，环绕山庄蜿蜒起伏的宫墙长达万米，相当于颐和园的两倍，有8个北海公园那么大，是中国现存最大的古典皇家园林。与北京紫禁城相比，避暑山庄以朴素淡雅的山村野趣为格调，取自然山水之本色，吸收江南塞北之风光，成为中国现存占地最大的古代帝王宫苑。

由于存在众多群体的历史文化遗产，避暑山庄及周围寺庙成为全国重点文物保护单位、全国十大名胜和44处风景名胜保护区之一，承德也因此成为全国首批24座历史文化名城。1994年12月，避暑山庄及周围寺庙被列入《世界文化遗产名录》。2007年5月8日，承德避暑山庄及周围寺庙景区经国家旅游局正式批准为国家5A级旅游景区。

留园

留园坐落在苏州市阊门外,始建于明嘉靖年间(1522—1566年),原为明代徐时泰的东园,清代归刘蓉峰所有,改称寒碧山庄,俗称"刘园"。清光绪二年又为盛旭人所据,始称留园。留园占地约30亩,园内建筑的数量在苏州诸园中居冠,厅堂、走廊、粉墙、洞门等建筑与假山、水池、花木等组合成数十个大小不等的庭园小品。其在空间上的突出处理,充分体现了古代造园家的高超技艺、卓越智慧和江南园林建筑的艺术风格和特色。

留园1961年被列为全国重点文物保护单位,1997年列入《世界遗产名录》。

留园全园分为4个部分,在这个园林中能领略到山水、田园、山林、庭园4种不同景色:中部以水景见长,是全园的精华所在;东部以曲院回廊的建筑取胜,园的东部有著名的佳晴喜雨快雪之厅、林泉耆硕之馆、还我读书处、冠云台、冠云楼等十数处斋、轩,院内池后立有三座石峰,居中者名为石冠云峰,两旁为瑞云、岫云两峰;北部具农村风光,并有新辟盆景园;西区则是全园最高处,有野趣,以假山为奇,土石相间,堆砌自然。池南涵碧山房与明瑟楼为留园的主要观景建筑。

建筑物将园划分为几部分,各建筑物设有多种门窗,可沟通各部景色,使人在室内观看室外景物时,能将以山水花木构成的各种画面一览无余,视野空间大为拓宽。留园以水池为中心,池北为假山小亭,林木交映。池西假山上的闻木樨香轩,则为俯视全园景色最佳处,并有长廊与各处相通。留园内的建筑景观还有表现淡泊处世之坦然的"小桃源(小蓬莱)"以及远翠阁、曲溪楼、清风池馆等。

校园文摘系列丛书征稿

阅读可以使学生增长见识,可以提高学生写作水平;阅读可以陶冶学生性情,使学生变得温文尔雅、富有修养;阅读可以给学生带来无限遐想和乐趣,给学生带来智慧源泉和精神力量;阅读可以磨炼学生意志,让学生的心灵逐渐充实、成熟。

为满足广大读者要求,中央编译出版社将继续开展"校园文摘系列丛书"征稿活动,让我们从"学生阅读"读起,从朴实无华、意蕴丰富的文字中感受阅读的魅力。

一 征文对象及内容

征稿对象为全国大中学生。可以个人投稿,也可以学校、班级或文学社团为单位组织供稿。作品的体裁、内容不作任何限制。篇幅限 1300-2500 字之间。优秀来稿将分别入选面向全国发行的"校园文摘系列丛书"。

二 征文要求

1. 文笔流畅,有真情实感,活泼新颖。
2. 投稿作品必须是本人原创,不得抄袭、套改。如涉及法律问题,由作者本人负责。

三 投稿时间

即日起至 2018 年 12 月 30 日止。

四 投稿须知

1. 投稿限发 word 文档电子稿。每人可投 3~5 篇。优秀作品可根据题材分别入选多本图书相关栏目。
2. 来稿在文末附上以下内容:文章标题、作者姓名、邮寄地址、电子信箱、电话、QQ。
3. 来稿在 90 天内未收到采用通知的作者,稿件自行处理,三个月内请勿一稿多投!
4. 所有来稿均视为作者已同意本作品选编入中央编译出版社相关图书。不同意以上约定的作者请勿来稿。

电子邮箱: cctp8299288@163.com
作者交流 QQ 群: 63601654

著名少年作家万亿新作《我在成都等你》即将与读者见面

万亿，一个16岁的少年，已出版6本小说。这位小作者似乎在继承韩寒，郭敬明等青年作家的衣钵，秉承他们对青春、对人生的一贯写作手法，将自己的感受丰富化而已。

"清晨的阳光落在他脸上，光影从额头沿着眉心迤逦向下，经过秀挺的鼻梁，微微弯起弧度的嘴唇，最后汇集到眼睛里，浓密的长睫不停震颤，为眼睑下覆上阴影，却遮不住他瞳孔里潋滟流转的光。"

一眼看去，谁会料见这出自于一位16岁孩子的手笔呢？固然，其文章的手法带有漫画性，但也正是如此，才使本书特征凸显无疑。就像电影《致青春》一般，没有什么惊世骇俗的人生哲理，就是一股清流，一首简单的青春之歌。

暗恋，执着，迷惘。这些词都被作者熟练的揉捏于青春故事中。发酵成一种芬芳！

《作文36技》学生写作必备图书

《作文36技》是一本非常受学生欢迎的图书。该书共分36个专题，每个专题都分为"名家垂范""名师指点""名题演练""名卷展示"四个板块。乍看只是总结了一些写作的技巧，细究却分明提出了一种语文教学的新思路：从阅读走向写作。

这本书的问世，填补了目前中学作文教材的一项空白！相信青少年朋友们能从这本书中获得启示，去抒写自己芬芳而绚烂的人生！教育界多位专家推荐此书！

定价：38元　全国各地新华书店有售

书　名：《超脱考试做领袖》
作　者：陈济安
定　价：30元

郭传杰、冯恩洪、毕诚等著名教育家认为：《超脱考试做领袖》一书非常适合大中学生、教师、家长和有志青年阅读参考，称此书是一部不可多得的励志佳作。

该书是一部"教人识道用器，学会学习、少有相似，独创一帜"的原创佳作。

《创新中国教育》教你如何考上国际名校

一位耶鲁毕业生教你如何考上国际名校

讲述发生在北京大学附属中学、深圳中学创新教育的故事

培养学生创能力的成功探索

  本书以通俗易懂的语言、严谨的结构，记述了作者在中国教育改革之路的成功和失败，目的在于让中国的家长、老师、学生以及更多关注中国教育的人们明白，在当今的中国为什么改革如此重要，以及它是如何一步一步成为现实的。本书对改变学生学习方法、推进中国教育改革具有非常重要的参考价值。

  被誉为"全世界教育之父"的安德里亚斯·施莱歇尔教授（Andreas Schleicher）如此评价《创新中国教育》：

  "在中国，给予我最深刻印象的是北京大学附属中学的国际部。相信《创新中国教育》这本书的读者，能通过书中的亲身经历，了解到他们是如何进行实践并达到目标的。在探索未知世界的同时，北京大学附属中学也将世界带入了中国，为中国的下一代，将纯粹复制学科内容的教育改革为培养学生实际生活能力的教育；将为国家服务的教育转变成为全球与当地社区服务的公民教育；将为考试而竞争的教育转向加强学生能力培养的教育；将情景价值观的教育——我将做现实环境允许做的事情——更新为可持续价值观的教育。相信这样的教育将能帮助中国的下一代更好地进行协调适应——带着无限的可持续性，将一个失衡的世界归于平衡与和谐。"

定价：39元　　当当网、京东网、卓越及各地新华书店有售